詐欺師は天使の顔をして

斜線堂有紀

講談社
タイガ

カバーイラスト――Octo
カバーデザイン――関 静香（woody）

詐欺師は天使の顔をして

騙《だま》すものは全《すべ》て心を奪うと言ってもいい。
——プラトン

第一話　超能力者の街

Star and Wirepuller

スポットライトの下で、子規冴昼《しきさえひる》は一体の奇跡になる。

テレビカメラの前には、二人の人間がいた。期待と好奇心、あるいは少しの不安を滲《にじ》ませた顔で座る若手男性芸能人と、彼をじっと見つめる端正《たんせい》な顔立ちの男——霊能力者の子規冴昼だ。

手始めに冴昼は、彼にいくつかの質問をすることで、その生い立ちを当てる。明らかになっていないプロフィールから、家族構成、あるいはちょっとした趣味までを明かす。

「……正解です。全部当たってます」

まだテレビ慣れしていない彼が躊躇《ためら》いがちにそう言うのを聞いて、会場内は一気に盛り上がる。これを皮切りに、冴昼は裏返されたカードの柄《がら》を当て、ゲストが頭の中に思い浮かべたキーワードを次々と当てる。生放送なのに、冴昼は一度もミスをしない。「インチキじゃないか?」と疑うコメンテーターの一日を言い当てると、興奮した観客が彼の名前を叫び、惜しみない拍手を送る。

それを見て、マネージャーの呉塚要《くれづかかなめ》は一人ほくそ笑んでいた。

上々だ。これなら擦《す》り切れるほど練習させた甲斐《かい》がある。自身の優秀さを欠片《かけら》も疑わない要からすれば、舞台の成功は当然だった。それでも、今回は褒《ほ》めてやってもいい。何しろ今宵の子規冴昼は、要の期待以上に完璧な霊能力者だった。

危ういところはこっそり要がアシストする予定だったが、この調子ならそんなことをせずとも、彼の話術だけで乗り切れるだろう。二人で作り上げた作品の素晴らしさに、要自身も拍手を送りたくてたまらない。

「ふざけんな！　馬鹿《ばか》げてる！」

その時、煽《あお》られ続けたコメンテーターが手元のペンを冴昼に投げつけた。台本には無い単なるアクシデントだ。けれど、冴昼は焦ること無くペンを空中で摑《つか》む。次の瞬間には、それは小さな赤い花に変わっていた。花弁に軽くキスをして、彼は優雅に笑ってみせる。

「これはこれは、ありがとうございます」

あまりに完璧だった。熱狂が醒《さ》めやらぬまま、舞台の幕が下りる。


「よくやった、お疲れ」

二人で楽屋に戻る道すがら、要は言った。

「ペン、借りパクしちゃった」

投げつけられたペンを器用に回しながら、冴昼が笑う。

「あれ上手《うま》かったな。最高だった」

「あれだけ練習するとアクシデントにも対応出来るものだね。まあ、こんなのは単なる手品だけど」

言いながら、冴昼が要にペンを投げ渡す。次の瞬間には、要の手のペンが小さな花束《はなたば》に変わっていた。一瞬で変わったそれを見て、冴昼が軽く息を呑《の》む。そんな彼に対して、要は悪戯《いたずら》っぽく口角を吊《つ》り上《あ》げた。

「驚くなよ。単なる手品なんだろ」

冴昼には要の出来ることの殆《ほとん》どを教えてある。タネの分かっている手品でそこまで驚かれてもな、と要は肩を竦《すく》めた。

「……いや、でも要は凄《すご》いよ。それどうしたの」

「スタジオからパクってきた」

言いながら、要は花束をぽいと放り投げた。

「それだけ上手いなら、自分でやればいいんじゃない？」

「上手さだけが必要なら、お前の言う通りにしてただろうな」

そう、ただ上手い奇術を見せるだけなら、要一人で事足りた。だが、彼が求めるものはそうじゃない。

ステージに立った時の子規冴昼は、得も言われぬ存在感がある。ショービズの世界における存在感は、そのまま説得力に等しい。霊能力というおよそ信じられないものでさえ、冴昼を通せば現実になる。その様を見る度に、要の血は沸き立った。

「お前なら虚構の境目《さかいめ》を飛び越えた本物の霊能力者になれる。俺はお前を通して神を見た。覚えてるだろ」

「それはもうありありと」

　それに、と前置いてから、要は続けた。

「俺の役割は現代のP・T・バーナムだ」

「バーナム？　誰それ」

「世界で一番最初にサーカスを生み出した最高の興行師にして最上の詐欺師《さぎし》だよ。知ってるか？　バーナムはジョイス・ヘスという女性を百六十年も生きているアンドロイドだと吹聴《ふいちょう》して一財を築いた。そうしてヘスが死んだ暁には、彼女が本物の人間かどうかを確かめる公開検死ショーで更に儲《もう》けた。虚構でこれだけ出来るんだから大したもんだろ」

「それじゃあ俺はジョイス・ヘス？」

「いいや、子規冴昼は俺にとってのジェニー・リンドだ」

　ジェニー・リンドは、バーナムが一際懇意にしていた絶世の歌姫だ。彼女を舞台に上がらせ、各地で公演を行ったバーナムは、それによって一層の名声を得た。バーナムが彼女を見出《みいだ》した時の喜びを、要はありありと想像出来た。

「お前に俺の人生とこの世の全てをくれてやる。一緒に最高の興行をしようじゃないか」

「ああ、こちらこそ。これからも俺を、本物の霊能力者でいさせてくれ」


　要は今でもこの頃を夢に見る。

　恐らく人生で最も幸福だった頃のことを。

1

あれから三年が経《た》った。

悲愴な顔をした四十絡みの女性が、子規冴昼総合相談事務所の扉を頻《しき》りに叩《たた》いている。三年というのは相当な時間だ。なのに今もなお、子規冴昼を頼る訪問客は絶えない。

「お願いします！　主人の……主人の声を聞いてください！」

このままでは一日中《いちにちじゅう》扉を叩かれかねない。呉塚要は事務所の中で長らくノックの音に耐えていたが、ようやく出る決意をした。吸いさしの煙草《たばこ》をコーヒーの缶に落とすと、ゆっくりと立ち上がる。

扉が開いた瞬間、大抵の来客は喜ぶが、中から出てきたのがテレビでお馴染《なじ》みだった麗《うるわ》しい霊能力者ではなく、ボサボサの髪をした陰気な男であることを認識した途端に怯《ひる》む。要の今の見てくれは警戒を抱かせるのに十分な代物だ。目の前の来客も、例に漏れず言葉に詰まっている。その隙《すき》に要は言った。

「申《もう》し訳《わけ》ありません。今はどんな案件もお引き受けしていません」

冷たく言い放てば、半分くらいの人間はここで立ち去る。だが、今回の来客は諦《あきら》めなかった。

「私《わたし》は子規先生に……死んだ主人の声を聞いて欲しいんです！　ほら！　遺書もありま

す！　お願いです！　交信してください！」

彼女は瞳《ひとみ》に涙を溜《た》めながら、手に持った紙を突き付けてきた。行間や文字間すら怪しいレイアウトで『不義理を働いてすまない　死のうと思う　今までありがとう　森田洋介《もりたようすけ》』と書かれている。それを一瞥《いちべつ》すると、要の顔は一層曇った。

「これ、主人が旅先から送ってきたんです……どうして自殺なんかしてしまったのか、一体何がいけなかったのか、子規先生は死んだ人間のお声が聞けるんでしょう⁉　今でも極秘で要人限定の霊媒を行っているとか！」

「どうせ週刊誌かネットのゴシップでしょう。デマです」

「お願いです！　請《う》け負《お》ってもらえるまで諦めません！」

ここまで思い詰めているとなるともう、普通に話しても無駄だ。正直、冴昼がいることを無邪気に信じていること自体が腹立たしい。それを望んでいるのは他《ほか》ならぬ要自身だ。諦めないでいるだけで冴昼に会えるなら、自分はもっと早く報われているはずだ。そう声を荒らげてやりたかった。

けれど、そう思ってしまうこと自体が虚《むな》しかった。目の前の客に自分を見た要は、静かに言った。

「……よければお入りになりますか」

こういう人間には事務所の中を見せてしまうに限る。案《あん》の定《じょう》この客人も、荒れ果てた事務所に一歩入った時点で息を詰まらせた。

「……あの、これは……」

「ソファーにでも掛けてください。少々散らかっていますが」

荒れ果てた事務所の真ん中に立ち、要は笑顔でそう言った。

室内に置かれた応接セットやデスクは一様にセンスが良い。だが、それらにも床にも大量の書類が積み上げられていた。勧《すす》めたソファーにも、先客の如《ごと》く週刊誌の塔が鎮座《ちんざ》している。全てのものに均一に埃《ほこり》が積もっていた。この部屋の殆《ほとん》どのものが、長年触れられてすらいないからだ。

ここに来る人間の多くが、事務所に入った時点で黙る。焼け跡に石を投げる人間がそういないように、終わりの臭《にお》いが立ち込める部屋の中では舌を回しづらいからだ。

そうなったところでようやく、来客が要の方を見る。この焼け跡に住んでいるのはどんな人間なんだろう？　というわけだ。

この状態になってようやくまともな会話が出来る。

こういう客人の相手を多くしたお陰《かげ》で、嫌なルーチンが出来上がり始めていた。

「子規冴昼はいません。失踪《しっそう》の報は本当ですし、俺も行方を知りません。この三年の間、連絡すら取れません」

淡々と要が言うと、来客は今度こそ押し黙った。無理を言ってすいません、と彼女が小さく呟《つぶや》く。暗澹《あんたん》たる面持ちで去っていこうとする彼女を見て、要は心の中でそっと舌打ちをした。面倒な。

「一応言っておきますが、恐らくご主人は生きていますよ」

その言葉に、来客はハッとした顔をした。そして、食い気味に言う。

「もしかして、子規先生だけではなく、あなたも霊能力者なんですか？」

「違います。その手紙ですが、よく見るところどころに不自然な線が入っていますよね。折り目にしては波打っているので、この手紙は何枚かの紙片を千切って繋《つな》げたものなんでしょう。『不義理を働いてすまない』『死』『の』『うと思う』『今までありがとう』は第三者が作った文面だ。恐らく元の文面は『不義理を働いてすまない　俺は死んだものと思ってくれ　恨んでいるだろうと思うが～今までありがとう』みたいなものだったんじゃないでしょうか。『の』は適宜補完してください」

「で、でも……」

「破った手紙を別の紙に貼《は》ってコピー、継ぎ目を修正液で消して更にコピー、これを繰り返してたらこのくらい継ぎ目が目立たなくなります。典型的な詐欺の手口です。要するに、ご主人の近くにいる誰かはあなたに追ってこられるのが嫌で、自殺したことにしたんでしょう。ご主人自身の文面も追われるのを嫌がってるんですから、新しい女でも出来たんじゃないですかね？」

「そ、そんな、何で分かるの？　やはり、あなたも霊視を」

「あなたは何も悔《く》やむことなんかありません。勝手にいなくなった人間なんてさっさと忘れて幸せになってください。ご主人のことは死んだと思って」

手紙を突き返して、扉をギリギリまで狭《せば》める。名残惜《なごりお》しそうに見る彼女に向かって、要は薄く微笑《ほほえ》んでみせた。

「言っておきますが、俺には霊能力はおろか生きるよすがもありません。それじゃあもうここには来ないように」

全ての仕上げにそう言って、要は勢いよく扉を閉めた。

霊能力者・子規冴昼《しきさえひる》の名前には、誰しも聞き覚えがあるだろう。

テレビに出ていたあの涼やかな立ち姿を覚えている人だって多いだろうし、インターネットの海には彼の誕生日や好きな食べ物や、初恋の女の子の名前まで載っている。

検索欄に名前を打ち込めば、トップに対談中の涼やかな横顔が表示される。長めに伸ばした髪も、物憂《ものう》げに細められた目も、手首に嵌《はま》った主張の激しすぎないアクセサリーも、全部が霊能力者という肩書きを支えているかのようだ。

ウィキペディアには、子規が霊能力者として起こした奇跡、出演した番組、解決した事件までもが載っている。それによれば、子規冴昼は千里眼を持ち、人の心を読み、果ては未来予知までしてみせるんだそうだ。景気がいい話だと思う。どれか一つでも素晴らしいのに、彼はその全てを完璧にやってのけたのだ。

まあ、全部嘘《うそ》だけど、と要は一人呟く。

かつての共犯者が座っていた椅子《いす》で、随分色褪《いろあ》せた天井を見上げた。そう、子規冴昼は呉塚要の共犯者だった。世間様を相手取っての壮大な詐欺を働いたパートナーだ。千里眼も読心術も持っていない彼を、皆が大好きな霊能力者に仕立て上げたのが、呉塚要だった。

あの時もさっきも、やっていることはそう変わらない。ただ霊能力という皮を被《かぶ》せるかどうかの違いだ。要と冴昼は、結託していくつもの奇跡を起こした。つまりは要が奇跡を起こす為の手段を考案し、それを冴昼が完璧に演じたわけである。千里眼を使いたいならその方法を、空を飛びたいならそのトリックを、要は見事に用意してみせた。

それだけじゃない。子規冴昼が一番魅力的に見える立ち回りを考えて演出したのも要だ。

子規冴昼がどう振るまえば観客が喜び、どう話せば沸き立つのか。要はそこまで考えて彼をプロデュースしてみせた。勿論《もちろん》、冴昼も要の演出に対し十全に応《こた》えた。むしろ、要が期待した以上のものを見せてくれた。その恍惚《こうこつ》といったらない。自分が素晴らしいと信じているものが、他の人間にも諸手《もろて》を挙げて称賛される。それは自分の手でモディリアーニを世に出すような規格外の喜びだ。

上手くいっていたはずだった。

少なくとも、要はそう思っていた。

二人は破綻《はたん》を迎えること無く、霊能力者としての三年目を迎えた。

何でも見通せるという冴昼の目は、当然の用途に落ち着いた。即《すなわ》ち、犯罪捜査に利用されるようになったのだ。

　最初は、いなくなった娘の行方を霊視して欲しいとの相談だった。いきなり舞台上に持ち込まれたそれは、言うまでも無く今までの領分を超えていた。だからこそ当《あ》たり障《さわ》りの無いことを言って場を沸かせるだけに留《とど》めようとしたのに、提出された手がかりを見て、要はちょっとした事実に気がついた。そして、とある結論に行きついてしまった。

「娘さんは、別れた旦那《だんな》さんの家にいます。……大丈夫です、自発的に向かったようですし、危害を加えられたりはしていないでしょう。ですが、出来れば早く話をしてください」

　大勢の観客の前で、子規冴昼は静かにそう言った。正確には、要が言わせた。

　後日、事件の真相が明らかになると、冴昼は一層称賛を受けた。

　それをきっかけに、今までのパフォーマンスに加えて、ぽつぽつと事件に関する意見を求められるようになった。これが明確な転換点だ。

　やっていることは麗しきシャーロック・ホームズと変わらない。けれど、既に出来上がった舞台で見せれば、それは魅力的な魔法に変換される。

　事件を解決すれば解決するほど、子規冴昼の名声は高まった。勿論、解決出来ないものもある。けれど、手が届くものは掬《すく》い上《あ》げるべきだと思っていた。やっていることは詐欺かもしれないが、二人は実際に事件を解決していたのだ。そこに何の罪があるだろう？

　華々しい活躍をした。今ですらそう思っている。

そしてある日、とある連続殺人事件が俎上《そじょう》に載った。二人のところに持ち込まれた時点で、既に被害者が六人を超えていた。近年稀《まれ》に見る重大な事件だ。

「……警察もまるで手詰まりらしい。手がかりも殆ど無い」

要が苦々しくそう言うのに対して、冴昼は笑顔で言った。

「それでも子規冴昼なら解決するんでしょ？　霊能力者として」

「被害者が六人も出てるんだ。誰も解決出来ないなら『子規冴昼』がやるしかない」

「なら、最後まで付き合うよ。とはいえ、要と違って、俺は推理とか出来ないけど」

そう言って笑っていた冴昼のことを覚えている。

結論から述べると、要の執念は実った。

殺人事件は解決され、『幸沈会《こうじんかい》』という新興宗教団体の教祖が犯人として逮捕された。霊能力者と新興宗教の教祖の組み合わせは傍《はた》から見ても魅力的だった。この時が霊能力者・子規冴昼のピークだったと言っていい。残虐な殺人事件の犯人を霊能力で解決！　警察は霊能力には懐疑的だったが、確固たる証拠には簡単に屈服した。要は自分の持ちうる力を全て使って事件にあたり、何かに取り憑《とつ》かれたかのように証拠を求めた。

だからこそ、解決した時は誇らしかった。記者会見で謙虚に事件を語り、ただただ称賛を受ける冴昼を見て、要は何より満ち足りた気持ちだった。

——人生という分の悪い賭けで常勝する唯一の方法は、他のプレイヤーを差し置いて胴元側に回ることだ。と、要はずっと信じている。周りの人間の反応すら支配し、自分の計画の内に組み込んでしまえば自分が負けることはない。

今や、子規冴昼は多くの観客たちから讃えられ、その価値を認められている。冴昼が黒と言えば、白も黒になるだろう。自分が見初めた最高のカードに周りの人間が踊らされているのを見るのは、要自身が歩んできた人生の正しさを証明しているようでたまらなかった。冴昼を通し金も名誉も手に入れたが、その証明が一番大きな財産だった。

自分は正しく、賭けに負けることはない。そう思った。

そんな要も過去にたった一度だけ、他ならぬ冴昼相手に敗北を喫したことがあった。しかし、その彼ですら、今は自分の手の内にある。

これが思い上がりだったのかどうか、要にはもう分からない。


東京に初雪が降り、子規冴昼が失踪したのは、幸沈会事件の犯人が拘置所で自殺したというニュースが入って三日後のことだった。

失踪当日、要は幸沈会事件に関するインタビューの回答を作っていた。冴昼の方は基本的に台本が出来るまですることが無い。その日も、事務所では要のキーボードの音だけが響いていた。ソファーに寝転がりながら、冴昼は小説を読んでいた。ＡＩが同じ夏の一日を過ごし続けるという、不思議な内容のＳＦ小説だった。

「あ、雪だ」

ふと、冴昼が嬉《うれ》しそうな声を上げた。つられて要も窓の外を見る。ちらちらと控《ひか》えめな雪が降っていた。積もるかどうかも分からない弱々しい雪だった。

「初雪を見てくる」

それが、冴昼の最後の言葉だった。

それきり冴昼が事務所に帰ってくることは無かった。

最後に残した言葉が「初雪を見てくる」だなんて出来すぎている。だってそんなの、あまりに詩的だ。それに対する要の「絶対滑《すべ》るぞ」の素朴さと言ったら！

結局、雪はまともに積もらなかった。

その直後のことは殆ど覚えていない。後始末に追われたからだ。冴昼が消えて四十八時間も経つ頃には、世界が一変していた。既に決まっていたスケジュールは丸潰《まるつぶ》れだ。芸能人のプロフィールを当てることや簡単なマジックがお好みなら、要一人でも事足りた。でも、オーディエンスが求めているのはそれじゃない。

幸いながら、子規冴昼は幸沈会事件を解決したばかりで絶頂期にあった。インチキがバレて敗走したのとは訳が違う。だから一層不可解だったし、致命的だった。壮大な事件を解決した後の失踪は、まるで美しい幕引きのようで空恐ろしい。

ただただ切実に、ありとあらゆる手を使って行方を捜した。幸沈会事件の時よりも熱が入っていたかもしれない。けれど、子規冴昼の足取りは摑めなかった。

「煙のように消えたのは霊能力者だからだ」という馬鹿げた理由付けに、要だけが納得出来なかった。何せ、彼が偽物であることを知っているのは自分だけなのだ！

連日失踪を報じていたテレビが、他のスキャンダルに鞍替《くらが》えする。子規冴昼の物語は過去のものになっていく。

それでも、立ち直れる気がしていた。それが酷《ひど》い思い上がりだったと気づくまでに一年かかった。

後処理を終えた後の要は、ただひたすらに怒りを燃やしていた。子規冴昼は二人で創り上げた作品だ。一方的に舞台を降りるなんて赦せない。冴昼の失踪を手酷い裏切りだと思い、すぐにあの男を忘れようとした。彼が失踪したのなら、次の子規冴昼を創《つく》ればいい。同じように魅せ方を仕込んだ、次のジェニー・リンドを探せばいい。殆ど自分に言い聞かせるようにそう唱えて、要は冴昼の代わりを探した。

そんなものが存在するはずが無いと、この時点で気がついていたのに。

当然ながら、要の目論見《もくろみ》は上手く行かなかった。

理由は至極単純だった。霊能力者として、子規冴昼があまりにも完成されすぎていたからだ。どんなに見栄えのいい人間を見繕《みつくろ》っても無駄だった。完成度を高めれば高めるほど、観客はそこに冴昼の影を見る。そして、彼のデッドコピーとして扱うのだ。謎《なぞ》めいた失踪を遂げた冴昼は、皮肉なことに一層不可侵《ふかしん》な本物になっていた。他の全てを偽物に変えてしまうほどに。

冴昼の後釜《あとがま》になろうと出てきた偽物たちの群れに、要自身も一度だけ混ざったことがある。舞台での要はとても上手くやった。けれど、それはどれだけ上手かろうと冴昼には敵《かな》わず、称賛はあっても熱狂は無かった。そんな有様《ありさま》に、要は怒りと感嘆の混じった感慨を覚えた。

自分の望みは周りを支配し、胴元側に回ることだ。冴昼はその為の手駒に過ぎないはずだった。けれど、冴昼が自分の手の内からいなくなったことで、完璧だった自分の計画にはあまりに大きな番狂わせが生まれた。いきなり盤上に投げ出されたようなものだ。これは冴昼相手に喫した二度目の敗北だろうか？　そう思うだけで寒気がした。この思いが拭えない限り、要がここから抜け出す術はなかった。

そうこうしているうちに怒りも収まり、要はじわじわとその不在に苦しみ始めた。必死に代わりを探したからこそ、浮き彫りになってしまった穴はあまりにも深く感じた。

立ち直れると思っていた。あくまで自分が主体なのだから、取り返しがつかないはずがない。

その思い込みを正して絶望に浸って、そのまま更に一年が過ぎた。

同じことをするどころか、何をする気にもなれなかった。要はただただ事務所の中で時間を潰した。いつか冴昼が戻ってきた時の為に、自分はここで待っていなくちゃいけないと思うようになったのだ。入れ違いになったらと思うと恐ろしくて外に出られず、殆ど事務所に泊まり込む形になった。

アルコールなどに逃げられればそれでも良かった。けれど、酩酊《めいてい》した中でも要は事務所の扉を気にし続けた。こんな状態でまともに酔えるはずが無い。インターホンが鳴る度に、全身の血が逆流しそうな錯覚を覚えた。言わずもがな、扉の向こうに冴昼が立っていたためしは無い。

事務所のカウチで眠ると、決まって幸せだった頃の夢を見た。そうして目が醒めて荒れ果てた事務所を見回す度に、酷い吐《は》き気《け》を覚えるのだ。いっそ夢と現実の区別がつかなくなれば良かったのかもしれない。けれど、要の執着はそれすら赦《ゆる》さなかった。

冴昼の帰りを待ちながら、要は子規冴昼の影を追い続けた。

子規冴昼の名前は未《いま》だに高水準のエンターテインメントだったけれど、取り残された要にとって、それらは全て墓標でしかなかった。過去がどんなに輝かしくても、今ここにいなきゃ意味が無い！

それはそれとして、時間は無情に過ぎていく。三年だ。気づけば活動期間と失踪期間が同じ長さになっていた。

要は今も事務所にいた。前に比べてインターホンには期待しないし、入れ違いになる恐怖も前ほど覚えない。じわじわと侵食してくる諦念《ていねん》が、要の全てを鈍《にぶ》くする。今でも要は冴昼のことを待ち続けていた。けれど、それはあまりに苦しい日々だった。

それに、要はそろそろ事務所《ここ》を引き払うかどうかの決断もしなければいけなかった。

ここの賃貸契約は二年刻みだ。失踪してから一年目は、迷わず更新した。あれから更に二年が経った。頭の中で声が聞こえる。——一体いつまで待つつもり？　更新すれば、もう二年はこの事務所が残る。ふらりと冴昼が帰ってくる為の場所が。でも、それはもう二年を停滞に放り込むことだ。もういい加減諦めるべきなのに、すんでのところで上手くいかない。だってここで諦めたら、二人で心血を注いだあの日々は何だったのだろう？　自分の感じた天命は？

ペンローズの階段のように、要だけがこの場所をぐるぐると回って動けない。契約更新はその妄執を終わらせる唯一の機会だった。けれど、要はこうも思っていた。子規冴昼を諦めてしまえば、自分は一生この欠落感と生きていくことになるだろう。理由は分からないが、確信があった。そんな人生を送るのだと思うとぞっとする。

その時、電話が鳴った。殆ど惰性でそれを取る。電話の向こうはかつて世話になっていたプロデューサーの一人だった。

半年後の特別報道番組で、冴昼のことを大規模に特集するので、それに出演しないかという打診が来たのだ。

それこそ冴昼が失踪したばかりの頃は似たようなオファーが大量にあった。誰もがマネージャーである要に話を聞きたがり、子規冴昼の失踪を面白おかしくスキャンダルに仕立て上げようとした。要はそれらのオファーの全てを断っていたし、今回も当然断るつもりだった。けれど、断りを入れる要に対し、プロデューサーは決定的な一言を発した。

『でも呉塚さん、薄々思っているんでしょう。子規先生はもう戻ってこないんだって。自殺か他殺かは分かりませんが、あの人はもう死んでいる。これだけ足取りが掴めないんですから、もう無理ですよ』

「……行方不明者が死亡扱いになるのは七年経ってから。まだ四年ありますが」

『それにしたって頃合いでしょう。子規先生の一番近くにいたあなたが彼を語ってくれるだけで、番組の熱は随分変わってくると思うんですが。勿論、分からないことは分からないと言ってくださっていい。でも、語るべき話も多いでしょう。呉塚さんには』

プロデューサーの持って回った言い方に、要は一層気分が悪くなった。

ここ三年の間に、子規冴昼の成功の後ろ楯となっていたのは他ならぬ呉塚要であるという風評も一部では囁《ささや》かれていた。それは邪推《じゃすい》でも何でもなく本当のことではあるのだが、あまり嬉しくない流れだった。冴昼が健在であった頃は、彼自身のカリスマ性によって要の存在は誰の目にも留まらなかったというのに。

「そういったことには協力するつもりはありません。失礼します」

『失踪した相手にどうしてそこまで義理立てしようとするんです。もしかして、本当に子規先生は本物だったんですか』

何を見てたんだ、と論《あげつら》ってやる代わりに言った。

「ええ。子規冴昼は本物です。比肩する者はいません」

気が変わったらお電話ください、プロデューサーはそれだけ言って電話を切った。舌打ちをして、要も受話器を置く。

不在の時間が長くなればなるほど、かつて理想としていた子規冴昼が崩れていくかのようだった。いっそのこと、何処《どこ》かで本当に冴昼の死体でも見つかれば諦めもついたのかもしれない。けれど、その最悪の結末すら要は見届けられていないのだ。

半年後の特集番組で、華々しく冴昼が帰還するところを想像する。幾度となく思い描いたシナリオの中でも、一番夢見がちでお誂《あつら》え向《む》きの物語だ。そうしたら、さっきの不愉快なプロデューサーだって掌《てのひら》を返すだろう。

けれど、そんな都合のいい話を期待出来るほど、三年は軽くなかった。

……子規冴昼は死んだと思って。

その言葉を嚙《か》み締《し》めた瞬間、もう一度事務所の電話が鳴った。

2

最初はさっきのプロデューサーか、さもなくば諦めの悪い依頼人かだと思っていた。それでも無視するわけにはいかず、苛立《いらだ》ち混じりで受話器を取る。

「はい、こちら子規冴昼総合相談――」

『もしもし、要？』

そうして、電話の向こうの声を聞いて、呼吸が止まった。

『聞こえてる？』

忘れようにも忘れられない声だった。思わず、言葉が口を衝《つ》いて出る。

「──雪は、」

色々言いたいことがあったはずなのに、何よりもまずその言葉が出た。この三年間ずっと喉《のど》の奥に溜まっていたものが、堰《せき》を切るように溢《あふ》れ出《だ》す。

「雪は見れたのか。……冴昼」

『ああ、そうだった。そう言って事務所を出たんだった』

この三年間ずっと囚《とら》われ続けていた言葉なのに、冴昼はあっけらかんとそう言った。

『いや、要が出てくれて安心した。ひやひやしたよ』

「おい、本当にお前なのか？　冴昼……お前本当に冴昼だよな？　おい！」

『そこまで言われると俺の方も自信が無くなってくるけど』

あくまで暢気《のんき》に返されて、要は一層焦りを覚えた。

「おい！　お前今何処にいるんだよ！　クソ、とにかく場所……場所言え！　あと、絶対切るなよ！　切ったら後悔させてやるからな！」

『はは、それ要が言うと洒落《しゃれ》にならないよ』

散らかった机の上から物を落として、無理矢理スペースを作る。情けないくらい手が震えた。三年ぶりの連絡だ。動転しない方がおかしい。

『えーっと、住所を言うからメモしてくれる？　あのー、ここの住所って……ああ、どうも』

「ちょっと待て！　近くに誰かいるのか？　お前今誰といるんだ⁉」

『メモの準備いい？　ああでも、要は記憶力が良いから大丈夫だよね』

そうして冴昼は、とある住所を呟いた。東京都、以降は聞き覚えの無い地名だったが、言われるがままに書きとっていく。

「冴昼！　なあ、お前今まで何で連絡しなかったんだよ！　俺が、俺が一体どんな気持ちで」

『ごめん、もうそろそろ切らなくちゃ駄目みたい』

何も分からないまま、会話が終わる気配がする。

「待て！　頼む、もう少しだけ――」

『それじゃあ、またね』

そして、そんな言葉と共に電話が切れた。

要に残されたのは聞き慣れない住所の書かれた、ぐしゃぐしゃの紙だけだった。着信履歴を確認する。非通知、という素《そ》っ気無《けな》い文字が残っていた。

悪戯だろうか？　と一旦《いったん》疑ってから思い直す。声が同じだった。喋《しゃべ》り方も同じだ。そして何より、雪の話を知っていた。誰にも言ってない子規冴昼の言葉を。オーケイ、完璧だ。これが幻聴であっても悪戯であっても、ここまで来れば上等だった。

コートを羽織《はお》り、万が一の時の為に鞄《かばん》を持って出ようとしたところで、今度はスマートフォンの方に非通知の着信があった。慌ててそれを受ける。

「もしもし？　冴昼？」

『……事務所の裏路地に朱色の電話ボックスがある。そこから掛け直せ。子規冴昼の発信してきた番号に、』

　さっきよりも大分ざらついた音声で、電話の向こうの声が言う。

　どう聞いても冴昼の声じゃない。だが、聞き覚えのある声ではあった。しかも、内容は明らかに冴昼のさっきの電話と関連する。一体何処で聞いた声なのかを思い出そうとしながら、要は静かに言った。

「……お前は誰だ？」

　答えは無かった。

　そして、また一方的に電話が切られる。訳も分からないまま事務所を出る。冴昼からのメッセージ。そして見知らぬ誰かからの指示。とことん意味の分からない展開だった。それでも、要は言われるがままに動く。

　無視してメモの住所に行ってやろうかとも思ったのだが、結局大人しく指示に従うことにした。何故って、何せ三年ぶりだったから。あるいは理不尽だったから。

　理不尽で不可解な物事に向かい合う時に、同じ作法を踏まなければいけないと思ったことは無いだろうか？　さもなければ、全てが夢から醒めるように消《き》え失《う》せてしまうんじゃないかと思ったことは？　ようするに、要は軽いパニックを起こしていたのだ。

事務所の裏手に回ると、電話口で言われた通り朱色の電話ボックスがあった。上部に取り付けられた小窓から、同じく朱色の電話機が見える。緑色じゃないのが珍しいな、と思ったものの、深くは考えられなかった。

中に入ってから、冴昼が掛けてきた電話番号をプッシュする。呼び出し音が、やけに長く感じた。

電話機の傍《かたわ》らには、ホテルに置いてあるようなメモパッドが置かれている。誰かがメモを取ったのか、要には分からない言語で、数行にわたるメモが残されている。それを見ていると、妙に不安な気分になった。

その時、不意に電話が繋がった。受話器の向《む》こう側《がわ》の音がクリアになる。

「……もしもし？」

恐る恐る声を掛けてみる。すると、受話器から静かに音楽が流れ始めた。スローテンポで始まるそのメロディは、何処かで聴いたことがある。歌詞は無い。もう少しで思い出せそうだ、と思ったところで、突然電話が切れた。

何だよ、と口にしながら電話ボックスを出る。そもそも、一連の行動に何の意味があるのか分からない。それでも藁《わら》にも縋《すが》る思いだ。理屈が全然通っていないのに、三年の年月が全てを捻《ね》じ伏せてくる。

だからだろうか。その違和感に気づくのが遅れた。ただ、さっきよりも更に路地が暗くなったな、と思ったくらいだ。

「……あれ」

出てみればそこは、見覚えの無い通りだった。


振り返ると、そこには朱色の電話ボックスの代わりに、目測三メートルはありそうな背の高い電話ボックスがあった。電話機自体も要の視線の高さに設置されており、頭上の高過ぎる位置に棚が設置されている。もう一度中に戻ってみても、さっきまであったはずのメモパッドも見当たらない。

狐《きつね》に化かされたよう、という言葉があるが、今の要は本当にその通りだった。さっきまであったはずのものが無いなんて、道理が通らない。

「どういうことだ?」

わざわざ口に出して言ってみても、朱色の電話ボックスが戻ってくることは無かった。裏路地を抜けて、事務所に戻る。そして、絶句した。

事務所のあるべき場所に、別の建物が建っていた。

更新をするかどうかを悩んでいるうちに、事務所が丸ごと消えてしまった。何事も決断は早い方がいい……なんて、そんな教訓に回収していい事態だろうか?

近くの地図で、一応住所を確認する。東京都、の後は知らない区の知らない街の名前が書かれていた。

要は冷静に街が丸ごと入れ替わる時のパターンを考える。——看板自体が間違っているパターン。知らない間に電話ボックスごと移動させられているパターン。手間は掛かるけれど、建物のガワだけを変えているパターン。偽の超能力者との対決の数々で学んできた、偽奇跡のバリエーションだ。

そんなものをいくら羅列したところで、全てが現実であることは疑いようが無かった。知らない建物の階段を上がって、知らないテナントを確認すれば十分だ。

震えながら大通りに出て、人の影を探す。道行く人は何も気になっていないのか、取り乱すことも無く歩いている。街が変容したことに驚いているのは、要だけのようだった。

そもそも、本当に街が変容したのだろうか？　そこまで考えて寒気がした。周りの建物は一様に背が高く見え、妙な威圧感がある。知らない街の心細さは遠近感まで狂わせるのかもしれない。

見て歩いているうちに喉がからからに渇いていた。そうして自販機を探して、もう一度ぎょっとする。

自販機が五段になっていた。全長が優に三メートルを超えている。

背伸びしても一番上の段に届かない。要の身長は百七十三センチだ。決して低いわけじゃない。なのに、一番上にある缶コーヒーが買えない。一番下の段にある乳酸菌飲料を押して、一気に飲んだ。

この街は、何かがおかしい。街自体が変わっているのもあるが、どう見てもスケール感が違いすぎる。錯覚、と口に出したところで自販機は小さくならなかった。当たり前の話だ。

スマートフォンが圏外であるのを見た瞬間、要の手がいよいよ震え始めた。最寄りの交番に駆け込んだものの、あいにく警察官は不在だった。そもそも、警察にどう言えばいいのかも分からない。

熱を出した時に見る悪夢のような街だった。何が飛び出してくるか分からず、恐々と進む。この状況で灯台となるのは、冴昼から告げられた住所だけだった。他のことには目を向けず、とにかくその場所に到達することだけを目指す。

だが、時間が時間だったのか、電車もバスもとうに終わってしまっていた。縮尺のおかしな街の中に一人で立っていると、得も言われぬ不安に襲われる。とにかく、この恐ろしい一夜を乗り切る為の宿を探さなくてはいけない。大通りをしばらく歩いて、一番最初に目についた『ニューパレスホテル』のフロントに飛び込んだ。

「すいません、今からでも泊まれますか？」

「大丈夫ですよ。少々お待ちください」

フロントは至って普通だった。強《し》いて言うなら、フロントの隅《すみ》にあるロッカールームだけが不穏だった。入口から見えるロッカーもまた、五段の高さがある。どう見たって手の届かない場所に、平然とロッカーが鎮座している。

三〇七号室の鍵《かぎ》を渡されて、エレベーターに乗る。外から見ると随分高く見えたのに、このホテルは五階建てらしい。

三〇七号室は狭かった。それなのに、天井だけが妙に高い。

狭い分、背の高い棚やクローゼットが収納を賄っている。当然ながら、一番上の段には手が届きそうにない。反面、天井の高さに対して、テレビやベッドは普通の位置にあった。要であろうと見やすく眠りやすい、普通の位置に。

「嘘だろ……」

思わずそう言葉にしてしまう。

まるで巨人の街に入り込んだ小人みたいだった。けれど、歩いている人間は巨人というわけじゃない。要と同じくらいの背丈《せたけ》をした、普通の人間だ。同じように、天井まで届く棚には手が届きそうにない。

酷い疲労感を覚えながら、ベッドに腰掛ける。棚の一番上に置いてあるのは、なかなか立派な加湿器だった。ホテルには付き物のサービス。けれどそれは要の遥《はる》か頭上、殆ど天井に触れるほどの高さにある。引《ひ》き摺《ず》ってきた机の上にでも立てばギリギリ届きそうだが、手を滑らせれば大変なことになる。加湿器は壊れるだろうし、怪我《けが》をする危険もある。

普通、加湿器なんて重いものはあそこには置かない。

要の常識の中ではそうだ。加湿器はその場所じゃない。

単なる考え無しならまだいい。けれど、今まで見てきた街のスケール感を考えると、この街の人間たちは、この位置に加湿器を置いても問題が無いのかもしれない。

何故なら、この位置に重いものを置いても、安全に不自由無く取れるから。それは何を意味しているだろう？

少しだけ考えてから、要はフロントに電話を入れた。数分も経たないうちに、ホテルスタッフがやってくる。背丈も自分とそう変わらない、普通の人間だ。その彼に、要は意を決して話しかけた。

「あの……あそこの加湿器、取ってもらえますか？」

「はあ、お客さんも加湿器ですか」

もっと訝《いぶか》しがられるかと思ったが、スタッフは不思議そうな顔をしただけで、すぐに棚に向かった。スタッフの手と加湿器の間には少なく見積もっても百二十センチ以上の距離がある。そのままだと、到底届きそうにはない。

本来なら、届くはずが無いのだ。

「それじゃあ渡しますから。……落とさないでくださいよ」

それなのに、スタッフはごく自然にそう言った。

その瞬間だった。

棚の上段にあった加湿器がひとりでに浮いて、そのまま要の手の上まで移動してきた。

スタッフは指一本動かさずに、要と加湿器を交互に見て「離してもいいですか？」と言った。離すも何も、スタッフは加湿器に手を触れてもいないのに！　要がどうにか頷《うなず》くと、スタッフは訝しげに「あ、手で持たれますか」と呟いた。一体それ以外に何で持てと言うのだろう？

「どうぞ。お気をつけてお持ちください」

その言葉と共に、加湿器がしっかりと要の両手に着地した。ずしりとした重みが伝わってきて、思わず取り落としそうになった。

パニックを起こさなかったのは、偏《ひとえ》に彼がショービジネスの世界で生きていたからだ。生放送中に取り乱すショーマンはいない。崖《がけ》から突き落とされようが、目の前で加湿器が宙に浮こうが、平静でいられるくらいでなくては。

それにしても、目の前の光景は衝撃的だった。手に持った加湿器は重い。到底浮き上がるとは思えない重量だ。

「すいません。もう一つ。……ついでに僕の鞄、一番上段に置いてくれませんか」

「はあ、構いませんが」

その言葉に合わせて、いとも簡単に鞄が宙を浮いた。一時も目を逸《そ》らさずに見ていたのに、そこには何の仕掛けも見えなかった。ワイヤーも無ければ透明な棒も無い。おまけに、浮いたのは自分の鞄だ。トリックを仕掛ける余地は無い。

それなのに、鞄は望み通り棚の上段に収まっていた。

「もう大丈夫ですか？」

「え、いや……ありがとうございます……」

「また何かありましたらご連絡ください」

絶句する要を余所《よそ》に、スタッフは優雅に去っていった。

要では届かない位置に、鞄を置いて。

結局、鞄は『椅子の上でジャンプする』という原始的な方法で回収した。ぐらつく足元は、そのまま心中の不安を表しているようでたまらない。

外は雨が降り始めていた。

吸い込まれるように、窓の方に近づいていく。窓からは綺麗《きれい》な夜景が見えた。随分高い建物ばかりだ。眼下に見えるのは近くにあるビルの狭い屋上だけで、おまけにビニールシートが掛かっている。あまりいい眺《なが》めじゃなかった。

突然の雨を受けて、数少ない通行人たちはみんな透明なビニール傘を差していた。正確に言うならば、頭上に浮かせていた。差しているビニール傘には持ち手の部分が無く、傘地の部分だけが天使の輪のように浮いている。それを確認した瞬間、思い切りカーテンを引いた。

心臓の音が酷い。ただ単に、雨降る街を眺めただけなのに！　宙に浮く鞄。持ち手の無い傘。どう見ても高すぎる棚。

あの時見た背の高い電話ボックス。普通の人間が使うには、あまりにも高い位置にある電話ボックス。全部があそこから始まっていたのだ。

この世界の人間は、当たり前のように手を触れずに物を浮かせる能力――サイコキネシスを持っている。本物の超能力者なのだ。

要と冴昼が創り上げたような偽物ではない、本物の。

そこで初めて叫び声を上げた。


昔の話だ。

「子規さん、一つ勝負をしましょう」

その頃の呉塚要は大学を出たばかりだった。大学を卒業し、彼はまずかつての先輩である子規冴昼を口説きにかかった。それが英断であったかはさておくとして、あの時の要には勝算があった。一体何に？　勿論全てに！

久しぶりに会った子規冴昼は、眠たげに目を細めながら、要のことをじっと見つめていた。定職にも就かずふらふらとしていた冴昼は、ますます浮世離れした雰囲気を纏《まと》っていた。

要が冴昼を見初めた一番の理由は他にある。しかし、その雰囲気も重要だった。学生時代から、子規冴昼のカリスマ性は群を抜いていた。その才能が衰えていないことが、ただただ嬉しかった。

裏返したトランプを扇状に持つ。浅く息を吐いてから、口を開いた。

「何か一つカードを指定してください。俺がそれを見事引き当てられたら、手を組んでくれませんか」

「それじゃあ、スペードのクイーンで」

その言葉と同時に、扇状のトランプを引っ繰り返す。

表になったトランプの全てが、スペードのクイーンだった。驚く冴昼に向かって、要はさらりと「勢い余りました」と言ってのける。

「凄いね。本当に魔法じゃないの。まさか、君は本物の魔法使いなわけ？」

「まさか。こんなものは単なる手品ですよ」

「マジで？　全然分かんなかった」

「理屈は全てにありますが、明かされなければ魔法になります。効果的な場所で効果的なものを使えば、舞台裏は見えません。例えば、目を引く容姿とカリスマ性を持った先輩と、小細工に長《た》けた後輩が組んだりすれば」

冴昼はスペードのクイーンを一枚抜いて、しばらく指で弄《もてあそ》んでいた。さっきはつまらなそうに細められていた目に、今は小さな火が灯《とも》っている。ようするに、彼は退屈していたのかもしれない。あるいは、共犯者になることを持ち掛けてくる後輩に、興味を持ったのだろうか。要は、熱っぽい声で言った。

「俺たちは上手くやれますよ。世界を驚かせにいきましょう」

こうして要は子規冴昼を手に入れた。世界を相手取ってのゲームの最初の一歩だ。

失敗なんて絶対にしない。この世で起こせる奇跡の全てをくれてやろうと決めていた。

この世に超能力なんか存在しない。予言者も霊能力者もいない。超常現象は起こり得ない。だからこそ、子規冴昼だって本物になれる。

ところで、あの時彼がスペードのクイーンを選んだのは単なる偶然だったんだろうか？　と、要は思う。破滅の象徴とされて久しいそのカードを、子規冴昼はどんな気持ちで選んだんだろう？


翌日の朝にはパニックは収まっていた。マルコ・ポーロなら見聞録の一つも書いたかもしれないが、あいにくと要にそんな技量は無い。この異世界で、ただただ翻弄《ほんろう》されるだけだ。歯ブラシが低い棚に置いてあったのが唯一の幸いだった。

朝食はバイキング形式だったが、どの大皿にも一様にトングが添えられていなかった。湯気を立てるスクランブルエッグを前に途方に暮れていると、不意にそれが宙に浮いた。空を飛ぶスクランブルエッグは、そのまま近くの女性客の皿まで飛んでいき、美しく盛りつけられた。その後も、パンやソーセージがひとりでに浮いては配置されていくので、要は心の中で思う。オーケイ、そういう仕組みか。

結局、要が手に入れられたのは、袋に入った海苔《のり》とパッケージングされたバターだけだった。海苔を食べながら紅茶を飲む。まるでストイックなダイエッターだ。パンくらいなら素手で摑んでもいいんじゃないか、という思いが頭を過《よぎ》ったものの、どうにも手で食べ物を摑むことへの抵抗に阻《はば》まれる。

テーブルに着いた宿泊客たちは、もう食べ物を浮かすこと無く、普通に箸《はし》やフォークを使って朝食を摂《と》っている。彼らにとって、超能力は手の代わりなのだろう。その使い分けが、何となく理解出来てしまう複雑さ……。

焼き海苔の素っ気無い味が、この状況が事実だと教えてくれている。このホテルに泊まっている人間の中で、トングが必要なのは要一人なのだ。

会計をして、とりあえずホテルを出る。一万円札が自分の持っているものと同じであることがありがたかった。超能力世界であろうと福沢諭吉《ふくざわゆきち》の偉大さは変わらないらしい。ただし、五千円札は要の知らない〝渋澤孝雄《しぶさわたかお》〟なる人物が描かれていた。

けれど、ATMに差し込んだカードは使えなかった。ここでは超能力でどうこう出来ないよう、キャッシュカードかATM本体に特殊な仕掛けを施されているらしかった。手持ちの現金を数えてから、仕方無く歩き出す。

スマートフォンを確認したものの、相変わらず圏外を示したままだった。結局、改めて昨日の交番で道を尋《たず》ねる。冴昼に指定された住所は、ここから二駅先だった。地図を渡されて、近くの駅に向かう。駅や店の位置取りは完全に変わっていた。勿論、駅の外観もまるで違う。

駅の構内には『キャリアを犯罪の道具にしない為に』という啓発ポスターが貼られていた。ポスターに描かれているのは警察官の姿と、『何か』によって暴力を振るわれているサラリーマンや女性の姿で、いまいちどんな内容なのかは分からない。

キャリア。……carrier？　頭の中で英単語に変換してみる。意味は運ぶもの。運送するもの。まさか、と思いながら改札を抜けると、一気に人波に押し流された。

どうやら、この世界であっても満員電車と縁は切れないようだ。ぎゅうぎゅうに押し込められながら、少しの辛抱だ、と唱える。

本当は今すぐにでもこの異常な状況から抜け出したかった。超能力者が当たり前のようにいる世界は、要にとって独創的な地獄でしかない。それでも要は、元の世界に戻ることより、もう一度子規冴昼に会うことを選んだ。一人で過ごした三年間が、要をどうにか立たせてくれている。

乗客たちは、自分の目の前にスマートフォンや本を浮かせて、ページを捲《めく》っている。次々と移り変わっていく画面や、ぱらぱらとひとりでに捲られていくそれを見てもまだ、気持ちがついていかない。

乗客の中には、それらの代わりにハンカチや腕時計を浮かせている人もいた。どういうことだ、と思った瞬間、件《くだん》のポスターを思い出す。

あれはきっと、冤罪《えんざい》を防いでいるのだ。

見えない手が誰かを傷つけていないことを、証明する為の。

それに気づいた瞬間、何だか居心地が悪くなった。この車内で何も浮かせていない人間は要だけだった。それがどんな風に見えるのかと思うと、冷や汗が出てくる。おかしい。本当はこんなことは何でもないはずなのに！

幸い、二駅はすぐだった。逃げるように電車を出る。

指定された住所は、街の外れだった。進んでいくにつれ、人通りがまばらになっていく。

この街に、あるいはこの世界において、要は完全に異邦人だった。それでも、目指すべき場所に建っているものが何かは分かった。

世界の理《ことわり》が変わろうと、その建物が持つ独特の緊張感は変わらない。加えて、入口で金色に輝く印を見ればもう間違えようが無い。

——冴昼に指定されたその場所は、警察署だった。


剝《む》き出《だ》しのコンクリートの壁。床に固定されたテーブルと椅子。そして、こちら側とあちら側を隔《へだ》てるアクリル製の板。

特筆すべき点があるとすれば、椅子を囲むように透明なアクリルケースが設置されているところだろうか。

水槽に似たそれは、人間が入って丁度良い大きさになっていた。この部屋で面会を申し込む人間は、ここに入ることが義務付けられているらしい。

要がその中に入って椅子に座ると、留置係が外側からケースに鍵を掛けた。小さな箱に閉じ込められた形になって、若干心許《こころもと》ない気分になる。アクリル板で隔てられた向こう側にも、同じようなケースが設置されていた。ケースの中には、床に固定された椅子以外何も無い。

ややあって、面会室の扉が開く。その瞬間、身体《からだ》が震えた。

「やあ、来てくれたね。久しぶり、元気だった?」

現れた男が豹変《ひょうへん》していたからじゃない。あまりに変わっていなかったからこそ恐ろしかった。勾留《こうりゅう》されているはずなのに、子規冴昼はまるで貴族染《じ》みた出《い》で立《た》ちでいる。彼はとにかく、優雅な生き物なのだ。

三年前と少しも変わらない子規冴昼がそこにいた。霊能力者仕様の黒いシャツは、殺風景な面会室の中で妙に浮いている。

言いたいことは沢山あった。それこそ、失踪した当時は殺してやりたいとまで思っていたくらいなのだ。けれど、こうしていざ目の前にすると、ただ生きて再会出来ただけで震えがくるほど嬉しかった。要からすれば不思議な話だった。自分が求めているのは単なる再会ではなく、あの舞台を再演することなはずなのに。この数秒で三年が報《むく》われたような感覚すらした。この一瞬の逢瀬《おうせ》だけで、きっと要はこの先数十年すら待つだろう。

けれど、こうして再会したからにはもう二度と逃がさない、という気持ちもあった。どんな犠牲を払おうと、どんな手段を用いることになろうとも、必ず冴昼を取り戻してやるのだという覚悟。抑えきれない激情に襲われていると、冴昼の方もアクリルケースに入る。こうして向かいから見たそれは、今や棺《ひつぎ》のようにも見えた。

いつか逮捕されるかもしれない、というのは昔よく言っていた冗談だ。馬鹿げた話だと否定していたはずなのに、目の前の状況が笑うことを赦さない。

ややあって、冴昼が口を開く。

「このアクリルケース、見た時驚いたんだけどね、実はこれ、」

言いながら、冴昼がケースを軽く叩いた。言葉の続きを引き取るように、要は言う。

「……面会相手に消火器でもぶつけられたら死ぬって話だろ。ここじゃそっちに手が届く。お前、消える前は首にループタイか何か巻いてたよな？　それは危ないから没収されたわけだ」

「ああ、正解。流石《さすが》、大分馴染んでるね。この世界のルールに」

悪夢のような話を天使の如き笑顔でされるのだからたまらない。何が正解だ、と要は一人思う。

いよいよ認めざるを得なかった。

この世界に生きている人間は全員サイコキネシス——手で触れずとも物を動かす力——が使えるのだ。

だから、面会室の隅にある消火器なんかが簡単に凶器になる。この仕切りを隔ててもなお、目の前の相手を殴り殺せるわけだ。それを防止する為のアクリルケースが、サイコキネシスを使えない自分たちを隔てている。

「『サイコキネシス。触れること無く物を動かす力。そんなものは存在しません。今から私がそのことを証明します。私は見えないものを見通し、聞こえない言葉を聞きますが、物を動かすなら手で事足ります』」

かつて仕込んだ台本を、冴昼は淀《よど》み無《な》く諳《そら》んじた。

「未だに覚えてるんだな」

「何回も暗唱させられたからね。ほら、雀龍院念丈《じゃくりゅういんねんじょう》との対決の時に」

雀龍院念丈というのは、昔対決した自称超能力者のことだ。

高名な霊能力者として振舞っていると、妙なことに他の超能力者やら霊能力者やらから勝負を挑まれることもあるのだ。まるでこの世に超自然能力者の席が一つしか無いかのように、彼らは息せき切って子規冴昼と本物の座を争おうとした。

そういった経緯で今まで対決をしてきた超能力者の中には、サイコキネシスを持っていると主張する者もいた。子規冴昼は、それを完膚《かんぷ》無きまでに叩き潰し、トリックを暴《あば》き、偽物であることを証明した。

それが今は、本物のサイコキネシスと向き合っているのだから、皮肉な話だった。

「……どうして、どうして黙って消えたんだ」

「別に黙って消えたわけじゃない。雪を見に行くってちゃんと言ったよ」

「この三年、俺がどんな気持ちでいたかなんて分からないだろうな。それとも分かってて消えてみせたのか？」

思わず感情的な声が出た。目の前にいる冴昼は三年前と変わらず平然としていた。この三年ですっかり憔悴《しょうすい》した要とは大違いだ。それが自分たちの温度差を示しているようで苦しい。

せめて、冴昼の方から納得のいく説明が欲しかった。けれど、冴昼は不思議そうな顔で「三年？」と呟いただけだった。

「そうだ。時間の感覚も無くしたのか？　なあ、どうして今になって連絡してきたんだ。……それに二度目の電話。あれを掛けたのは誰だ？」

「二度目の電話？　少なくとも俺じゃないよ。スマートフォン使えなかったでしょ。俺のも使えなくてさ、警察署の電話借りてようやく繋がったんだ」

「お前じゃないことは分かってる。けど、俺はあの声を何処かで聞いて――」

そこで不意に記憶が蘇《よみがえ》ってきた。

要があの声を聞いたのは、ここと似たような面会室の中だった。あるいは報道、ないし捜査中に聞いた。

あの声は、拘置所で自殺した例の教祖の声だった。

「どうしたの？　急に黙って」

冴昼が訝しげにそう尋ねてくる。確証は持てなかったし、何より冴昼に言うのは躊躇《ためら》われる話だ。それに、もっと差し迫った問題がある。

「ここは何処なんだ？」

「警察署」

「もっと大まかに言うと？」

「さあ、異世界ってことになるのかな。俺にも分からない。サイコキネシスを使える人間が暮らしている、という一点を除けば、この世界は俺たちの住んでいた世界と殆ど変わらない。勿論、その重大な違いによって様々な変化は起こっているけれど。大丈夫、この世界でもちゃんとピート・ベストはビートルズをクビになってる」

「そういうことを聞きたいんじゃない」

「そういうことを聞きたいんじゃないかもしれないけれど、俺が言えるのはこのくらいだよ。『サイコキネシスを使える世界』というテーマで要が想像しうる全てのことがここでは起こる」

「……待ってくれ、お前は本当に俺の知ってる子規冴昼なのか？　こっちの世界にジョン・レノンがいるなら、こっちの世界の子規冴昼もいる？」

「残念ながら、この世界に子規冴昼は俺一人みたいだ。サイコキネシスを使えないから、仲間に入れてもらえなかったみたいだね。歴史は概《おおむ》ね大きな流れに沿っているけれど、そのうねりを生み出すに値しないキャラクターは、共有されてないのかも」

「分かった、もう分かったって……」

気が触れそうな状況の中で、目の前の子規だけが唯一馴染み深い。けれど、三年前と全く変わらないはずの彼は、今アクリルケースの中にいる。それが意味するものって何だろう？　それを思うと口の中がからからに渇きだした。

「冴昼、お前――」

要の言葉を遮《さえぎ》るように、冴昼は言う。

「単刀直入に言うけど、俺はとある殺人事件の容疑者なんだ。真犯人が捕まらない限り、恐らく犯人として裁かれるのは俺になる」

やられた、と思った。一息で言い切った冴昼は、透明な棺の中で穏《おだ》やかな微笑みを浮かべている。まるで自分の出番は終わったとでも言わんばかりに！　簡単な推理だ。これだけヒントがあって、その事情に行きつかないはずが無い。行きつかないはずが無いのに、頭は理解を拒絶していた。殺人。勾留。そして冤罪。

「は？　じゃあ、お前、逮捕、されて……」

「いいや。留置場にいるのは居場所が無いからだよ。逮捕されたわけじゃない。要が迎えに来てくれたから出るつもり。でも、まだ逮捕されていないだけの俺に残された時間は少ないし、それまでに事件を解決しないと」

「事件って何なんだ？　何でお前が――」

「俺が巻き込まれたのはサイコキネシスを使えない人間しか引き起こさない事件。要、この世界で俺しか被《かぶ》れない冤罪を晴らしてくれないかな」

冴昼は穏やかな笑みを浮かべたまま、静かにそう言った。

拒否権なんてあるはずが無かった。

冴昼が語った事件の概要は、以下の通りだった。

被害者は、殿村《とのむら》不動産を経営している殿村和馬《かずま》。御年五十六にして、機才の利いた経営手腕を振るう経営者だ。部下からの信頼も厚く、一代で築き上げた会社の発展は、殆どが彼一人の功績によるものなのだという。

その彼が、一週間前に突然殺された。所有していた三階建てのビルの屋上で、額を割られたのだ。彼は星を見ながらワインを飲むのが趣味だったらしく、その日も焚火《たきび》台の傍らでラッチ・デ・ライムを飲んでいた。まさか、お気に入りのアウトドアチェアが、自分の棺台になるだなんて思ってもいなかっただろう。

「凶器は見つかっていないけれど、片手で持てるくらいの大振りな石が有力だね。殿村社長は額を割られて即死。なかなか帰ってこない夫を心配してやってきた今の奥さんが死んでいる殿村社長を見つけて、事件が発覚。傍らには火の点《つ》いたままの焚火台に、飲みかけの赤ワインと氷の入ったバケツが残されていた。その日は流星群がよく見えたそうでさ、なんかもう冗談みたいな話だよね」

「……何でそんなに冷静なんだよ」

「どんな舞台だって、要がいれば十全にこなせたじゃないか」

冴昼は当たり前のことを語るかのようにそう言った。要がいればきっと何とかしてくれるだろうという無条件の信頼が変わっていないことがたまらなかった。

「問題は、そのビルが俺の泊まっていたホテルの近くだったことなんだ」

「……なるほど」

「最初はね、警察も単に話を聞きに来ただけなんだ。あの部屋からは件の屋上が見えたから、何か目撃していないかってことでね。参ったよ。まさかあのホテルに泊まっていたのが俺だけだなんて想像出来る？　まあ、何も見てなかったんだけどさ」

そこではた、と気づく。ホテルの部屋の窓から見えたビルの屋上。ブルーシートの掛かった平たい一角。塔屋だけが、細長く突き出していたあの場所。

「まさか、お前が泊まってたのってニューパレスホテル？」

「そうだけど」

「ちなみに部屋番号は？」

「三〇七」

要の言わんとしているところを理解したのか、冴昼がにんまりと笑った。

「運命的だね」

「……加湿器」

「届くわけないよね」

冴昼がけたけたと笑う。

これで、あのスタッフが、妙な要求にさっさと応じた理由も分かってしまった。要するに、要の依頼は二番煎《にばんせん》じでしかなかったわけだ。

「まあ、そうして話を聞きに来た警察は、挙動不審な俺のことが気になっちゃったみたい。そうして身分証を見せろってところから、話が酷い方向にいっちゃってね」

無理も無い、と要は思う。何しろ自分たちは正真正銘の異邦人だ。この世界の住人じゃない。戸籍も無いだろう。

「そうして俺が不思議の国のアリスをやっているうちに、更なる情報が入ったんだ。犯人は気がついてなかったみたいだけど、屋上に続く階段のステップがさ、一ヵ所踏み抜かれてたんだよね。事件が起こる二日前に、点検で腐食が見つかったところでさ。いくら傷んでるっていってもひとりでに穴が空くはずが無いから、誰かが踏んだんだろうって」

「犯人がエレベーターを使わなかったのは、監視カメラに映りたくなかったからか？」

「ご明察。ちなみに、殿村社長がエレベーターを使ってるところはばっちり映ってた。そもそも、見て分かるくらい階段は自壊が進んでたから、普通の人間ならまず登ろうとは考えないだろうね。よっぽどの理由が無ければ、あんな危険そうなところを通らないでエレベーターを使う。つまり、階段を上がったのは犯人でしかありえないってことだよ」

そこで冴昼は小さく息を吐いた。

「というわけで、俺が犯人ってことになっちゃったわけ。いや、動機なんかどうにでもなるものなんだね。結局は金目当てってことで決着がついて今に至るよ」

「……ちょっといいか。どうしてそれでお前が犯人ってことになるんだよ。『屋上に人が入った』と『子規冴昼が犯人』の間に相当な飛躍があるだろ」

「それが繋がっちゃうんだよ。この街ではね。いいかな、仮に殿村社長がこの街に遍《あまね》く存在する誰かに殺されたとしよう。それならどうしてわざわざ屋上に上がらなくちゃいけなかったのかな?」

「話が見えてこないんだが」

冴昼は、静かに言った。

「この街の人間は一人残らず〝キャリア〟を使えるんだ」

「キャリア」

それは、街で何度か見かけたキーワードだった。

「キャリアは手を触れずに物を動かす能力……俺たちの知っているところでいうサイコキネシスだね。この能力の射程範囲は半径五十メートル、個人差はあるけれど、概ね個人の腕力と同等の力がある。だから自分を浮かせて空を飛ぶことは出来ない」

キャリアの説明をちゃんと受けるのは初めてなので、素直に興味深かった。生まれた時からその力と共に生きるというのがどういうことかは想像もつかないが、想像しなくてもこの世界はそれを体現している。

「ところで要。ニューパレスホテルの屋上には行った?」

「屋上?」

「あのホテルの屋上はガーデンテラスとして開放されてるんだ。ホテル横の朱色の外階段から上がれるから、宿泊客以外でも利用出来るんだよ。屋上からは星がよく見えるよ。ついでに、件の屋上も。これが意味するところは、要なら分かるんじゃないかな」

「……キャリアを持っている人間だったら、ビルの屋上までわざわざ行く必要が無い。見えてる範囲、三十メートルくらいは、そのままキャリアの射程範囲だ。わざわざ危ない階段を上がって屋上に立ち入《と》る必要なんて無い。自由に入れるガーデンテラスに上がればいいんだから。たとえ物盗りの犯行であっても、社長の私物を物色することすらキャリアで出来る」

「ご明察。というわけで、屋上に誰かが立ち入った以上、キャリアを持っていない子規冴昼が犯人ってことになるわけだね。屋上で優雅に酒盛りしている殿村社長を、ホテルの窓から見ていた俺が、よからぬ心を抱いて殺したってことで」

聞いてしまえば、なるほど筆頭容疑者の理由も分かる。色々な条件が重なった末の冤罪だ。偶然には違いないけれど、こうなってくればキャリアを持っていない子規冴昼は、うってつけの犯人像だった。まるで事件が子規冴昼を呼んだようでもあり、世界が彼を主軸にしたストーリーを組み立てているかのようだった。

そう、それこそ稀代《きたい》の天才霊能力者を創り上げるように……、なんて恐ろしい直喩《ちょくゆ》が要の脳をガンガンと揺さぶってくる。

「何でキャリアが使えないってことがバレたんだ?」

「何を持つにも手で持ってれば怪しまれるよね。それで、取り調べの最中に警察官が水の入ったコップを用意してきたんだ。それで『これを玉にしてみなさい』って言ってきたんだよ。いやー、あの時は困ったね。霊能力者時代だったら要が何とかしてくれたかもしれないけど。あ、何とか出来るよね?」

「トレヴィの泉ごと浮かせてやったよ」

「流石。それでこそ呉塚要。でもさ、俺が本物の霊能力者だったら、こんな冤罪掛けられなかっただろうに」

笑えない冗談だった。改めてこの状況にぞっとする。要はただ、かつての運命を連れ戻しに来ただけだ。なのに、ここでもし失敗すれば、冴昼はこの世界に囚われ、要はあの場所に永遠に取り残されることになる。それだけは避けたかった。

「そもそも、何で殿村はそんな建物を所有してたんだ？」

「殿村社長はその建物の一階と二階を使って、新しいビジネスを始める予定だったみたいだよ。だから業者に見積もりを依頼してたわけ。殺されるんだから意味無かったんだけど」

冴《さ》えた冗談だとでも思っているのか、冴昼は笑顔でそんなことを言った。

「というわけで、俺は結構大変なことになってるわけ。今はまだ任意ってことになってるけど、起訴されたら多分、俺は負ける」

「よくもまあ淡々と言えるな。このままだとお前、マジで犯人にされるぞ」

「要が来る前に散々そういうパートはやったからね。もう取り乱したりはしないかな」

凪《な》いだ表情で冴昼が言う。正直、取り乱したいのは要の方だった。まるで冴昼は自分で自分を人質にしているかのようだ。要相手には、これが一番効果的だとよく知っているのだろう。その通りだ。抗《あらが》えない。

一瞬の沈黙の後に、要は口を開く。

「……俺は何をすればいい？」

「俺たちが霊能力者だった頃、要は沢山の事件を解決したでしょ？　だから、解決出来るとしたら要しかいないと思ったんだ」

「何を言ってんだよ。子規冴昼は今もまだ霊能力者だ。お前を頼って、事務所にはまだ客がやってくる。霊能力者としてのお前はまだ必要とされてるんだよ」

その時、冴昼は初めて目を伏せた。二人で居た時には殆ど見たことが無い表情だった。

「……俺はね、要」

そうして冴昼が何かを言おうとした瞬間、面会室の扉が開いた。同年代くらいのスーツ姿の男性が警官と一緒に入ってくる。

「こんにちは。私が子規冴昼さんの身元引受人を務めます、弁護士の木村義忠《きむらよしただ》といいます」

それを聞いた瞬間、驚くほどすっと事情が呑み込めた。この場合一番適切で当たり障りの無いものは、と考えた結果、要もビジネス用の笑顔で返す。

「どうも。俺が今回の事件の再調査依頼を承りました。子規の知己であるところの探偵、呉塚要です。事情は全て聞きました」

「事情？」

「今回の事件が、どう考えてもキャリアを持っていない人間によって起こされたものだということ。そして、子規冴昼がキャリアを持っていないが故《ゆえ》に犯人だと見做《みな》されていることの二点です」

はっきりと言った要に対し、木村は気圧《けお》されたように呟いた。

「それで……呉塚さんは何をしに？」

「そうですね。子規冴昼の冤罪を晴らしに」

冤罪と言い切った要を、木村が訝しげに見る。

「では速やかに子規さんを解放してください」

木村がそう言うのに合わせて、周りがおもむろに動き出す。「少し待ってください」と言ってから、要はもう一度冴昼に向き直った。

「お前はいつ起訴される？」

「それは要と警察のやる気次第。木村さんは良い人だよ。証拠隠滅と新たな殺人さえしなければ俺の味方だと思う」

「その間に真犯人を見つければいいんだな」

「勿論、無理だと思うなら断ってくれてもいい。でも、ここまで俺を追ってきたんだ。要だって何もしないわけにもいかないんじゃない？」

他人事《ひとごと》のような顔をして、冴昼が言う。まるで一連の出来事が奇妙な流れの中にあるかのように。そうとも、要は自ら選んでここに来た。……本当に？　そもそも、一体この世界は何なのか。冴昼を見捨てたところで、元の世界に戻れるかどうかも分からない。アクリルケースの中から、要は振り絞るように言う。

「どんな手を使ってでも俺はお前を連れ戻す」

「そうだね。要が頑張ってくれないと、大事な子規冴昼がこんな場所で死んじゃうよ」

警官に連れられて扉の向こうに消える瞬間に、冴昼はそう言って笑った。

冴昼の姿が見えなくなった瞬間、殆ど崩れ落ちそうになった。

かつて要は、冴昼を世界で唯一の本物の霊能力者として完成させた。

それなのに、今の彼はこの世界で唯一超能力が使えない人間で、それが原因で謂《いわ》れの無い罪を被せられようとしている。

呉塚要は超能力者の街で、唯一〝普通〟の人間である子規冴昼の無罪を証明しなければいけない。

これは一体何の皮肉で何の罰なのか。


黒山の人だかりの中から、リボンがふわふわと空に昇っていく。よく見れば、金色から緑、あるいは黄色のそれがあちらこちらに浮かんでいた。リボンはしばらく宙を彷徨《さまよ》ったあと、同じ色のリボンと引かれ合って、ゆっくりと結ばれる。

最初はどういう意味か分からなかったが、しばらく見ていると合点《がてん》がいった。リボンの先を手繰《たぐ》り寄《よ》せることで、二人の女子高生が引き合わされていた。なるほどな、と要は素直に思った。人混《ひとご》みの中での待ち合わせだ。

この世界の人間は、キャリアを本当の意味で体の一部として扱っているのだ。

冴昼との待ち合わせ場所は、繁華街の中心にある広場に面したオープンカフェだ。待ち合わせ相手の名前を言って、テラス席に着く。

テラス席からは広場が一望出来た。特設ステージの周りには人だかりが出来ている。どうやら、丁度イベントが始まるところらしい。

ステージの上には縦にいくつかの箱が連結されている、奇妙で大きな物体が鎮座していた。ステージ上に置かれていなかったら、コンテナか何かと勘違いしていたかもしれない。その箱の後ろには、コンサートドレスを身に纏った女性が立っている。

舞台の脇《わき》には『クラヴィオルガヌム演奏会』という看板が掲げられていた。あの巨大な箱はどうやら楽器であるらしい。強いて例えるならば、あれは巨大なオルガンだろうか。

それにしても、あの大きさでは鍵盤《けんばん》に手が届かない——と、そこまで考えてはた、と気づいた。

演奏者が、慣らすように腕を回し、ゆっくりと息を吐く。

そして、演奏が始まった。

嵐《あらし》のように始まったその音楽は、まずは不協和音のように聞こえた。いくつもの音の粒が雨のように空気を裂いていく。何台ものオルガンやピアノが同時にセッションしているよう、というのは決して比喩《ひゆ》ではなくて、重なりあった箱の一つ一つが、別種の鍵盤楽器の音を奏《かな》でている。つまり、あれは鍵盤楽器のキメラだったのだ。

聴衆すらも置き去りにして嵐を起こし続ける演奏は、およそ人間業とは思えなかった。そもそも、複数の楽器を同時に弾《ひ》くこと自体が、要の想像を超えている。

でも、この世界では起こり得るのだ。彼女は、両手とキャリアを使って弾いている。腕が三本あったなら、音楽は全く違う方向に進化する、という説を思い出した。別段、その新説に思うところがあったわけじゃない。けれど、鍵盤楽器にせよ金管楽器にせよ、演奏の幅が広がれば、表現や楽器自体も変わっていくのだ。丁度、このクラヴィオルガヌムのように。

一人オーケストラのような演奏が終わると、あたりは静けさに包まれた。遅れて、割れるような拍手が鳴り響く。思わず要も拍手をしていた。汗だくの演奏者が、優雅な一礼をする。

「クラヴィオルガヌムがお好きなんですか?」

あまりに熱心に見ていた所為《せい》で、声を掛けられるまで待ち人が来ていることに気がつかなかった。声のする方に目を向けると、身元引受人の木村が立っていた。表向きは戸籍も寄る辺無い冴昼をサポートする立場、とのことだったが、要から見ればこれは監視以外の何物でもなかった。ややあって、要は穏やかに返す。

「……見事なものだと思いますよ。あれは」

「まあ、私には音楽のことはよく分かりませんが。凄いですよね、ああいうの弾ける人は」

木村はあくまで平静にそう言った。それを聞いて、改めて思う。不可視の運指で奏でられる音楽も、木村の中では当然のことなのだろう。ただクラヴィオルガヌムが上手い、とそういう話でしかない。

やっぱり、理解出来ない世界なのだ。キャリアを持っている人間と、キャリアを持たない人間。その間に生まれた断絶はあまりに大きい。

「俺は超能力を使って楽器を弾いてるっていうこと自体も驚きですけどね」

そんな場違いな台詞《せりふ》を吐きながら、木村の隣にいた冴昼が笑う。

「……ああ、子規さんはそうでしたよね」

冴昼の言葉に合わせて、木村が苦虫を嚙み潰したような顔になる。

「木村さん、一つ僕からもお話ししておきたいことが」

「あっ、ええ。大丈夫です。えっと、注文は——」

「しておきました。コーヒーでいいですよね？　恐らくは受け入れて頂くまでに時間があるでしょうから。今から言うことを、運ばれてくるまでに咀嚼《そしゃく》してください」

木村が一気に怪訝《けげん》そうな顔になる。けれど、これは避けて通れないことなのだ。

「木村さんが信頼出来る人間と見込んで告白します」

子規冴昼の冤罪を晴らす。

その為にはまず、この世界の人間の視点から事件を見なければならない。

「冗談ですよね？」

三人分のコーヒーが運ばれてきた瞬間、木村は待ちかねたかのようにそう言った。

「いいえ。子規だけじゃないんです。僕もキャリアを使えません」

「そんな、荒唐無稽《こうとうむけい》な……。信じられません。何故呉塚さんまでそんなことを言うんですか？」

木村はどうやらこれが悪趣味なジョークであると思っているようだった。自分が異世界から来たらしいということと合わせて説明したのがよくなかったのかもしれない。人間が一度に受け入れられる非日常には閾値《しきいち》がある。最終的に要が樋口一葉《ひぐちいちよう》の描かれた五千円札を出したところで、木村はようやくこの事実を咀嚼出来たようだった。

「……信じられない、こんな精巧な……」

「ちなみに、渋澤孝雄って誰ですか？」

「キャリア力学の権威です。物理学の発展に大きく貢献した人ですね」

「ああ、なるほど……」

「それにしても信じられません。キャリアが使えないなんて……」

木村は衝撃から立ち直れていないのか、小さくそう呟いていた。

「そうだね。あの謎の水のテストも合格出来なかったし」

「それが信じられません。幼稚園児だって水を持つことくらい出来ますよ」

困惑したようにそう呟く木村を見て、要は改めてぞっとした。そんな場所に引き出されて、出来るはずの無いことをやらされるのは地獄だっただろう。

「人間、それだけのプレッシャーに晒《さら》されて嘘は吐《つ》き通せません。結局警察も、本気で子規さんはキャリアが使えないと思い込んでいるのだと判断しています」

「そう、思い込んでいるんだと判断してもらったわけ」

言いながら、冴昼が楽しそうに笑った。

「木村さん的には子規だけでなく僕も思い込んでいるだけだと？」

「キャリアが使えない人間が確認された例はありません。勿論、自分がキャリアを使えない人間だと思い込んでいる精神疾患の例はあります」

木村はそう言いながら、湯気の立つコーヒーの方に目を遣《や》った。角砂糖が放り込まれるのに合わせて中の液体が掻《か》き混《ま》ぜられる。

「マドラー」

「無いんだな」

「……マドラーって何ですか？」

返事をしないまま、要は黙ってブラックコーヒーを飲み下した。対する冴昼は堂々と砂糖を加え、木村にコーヒーを掻き混ぜてもらっている。

「ですから、その……いずれ起訴された時は、こちらとしては子規さんの精神鑑定を行い、心神喪失状態での減刑を要求すべきだと考えています。私の見解では、子規さんはＢＩＩＤ、いわゆる身体完全同一性障害の一種ではないかと――」

「裁判についてはご心配には及びません。この男は犯人じゃありませんから」

言葉を遮るようにそう言うと、木村は渋々《しぶしぶ》といった様子で一枚の封筒を取り出した。

「結論から申し上げますと、今の状況から子規さんが潔白を主張するのは難しいかと」

「もう警察の方も、子規がやったという方向で捜査してしまっているからですよね」

「そうなりますね。そもそも、子規さんには戸籍や就労歴が無いということで、その……日常的にこういうことを繰り返して生活していたんじゃないかと思われていまして」

分かっていた話ではあったが、ままならなさに歯嚙《はが》みする。

「呉塚さんと子規さんとはどういうご関係で？」

「友人ですよ。一緒にキャリアの無い世界からやってきました。この回答で納得頂けないなら、適宜補完してくださって結構」

要がすらすらとそう言うと、木村は不承不承それ以上の質問を引っ込めた。

「それじゃあ資料を当たっていきますか……大した資料は無いんですけど。ああ、私の怠慢じゃありませんよ。そのくらいシンプルな事件だったってことです」

木村が最初に見せてきたのは、ブルーシートのかかっていない現場の写真だった。十二畳ほどのスペースに、額から血を流す男、火の点いたままの焚火台、アウトドアチェア、そして赤ワインにグラス、氷の入ったバケツが置かれていた。

「その太った男が殿村和馬です。まあ、見れば分かるでしょうが」

殿村は上等そうなジャケットに、白いタートルネックを合わせていた。誂えられたチノパンも洒落ている。これで死んでいなければ言うこと無しだ。大の字に倒れた殿村の額からは、相当な量の出血があり、あたりを赤黒く染め上げている。

「正確に何処で殴られたかは分からないんですが、警察の見解では、塔屋から入ってきた子規さんを振り返った時に、こう……殴られたんじゃないかということで」

「すっかり俺が犯人だなあ」

「そうですね。まあ、犯人が正面から殴って、ふらつきながら倒れたってことでしょう。背後から殴ったわけじゃないんですね」

犯人、のところを強調しながら、要がもう一度写真に目を向ける。

「凶器は近くの川にでも捨てたんでしょう。現場からは殿村さんの財布の入った鞄もなくなっていますしね。一緒に捨てたんだと考えるのが自然です」

そして、木村はもう二枚新しい写真を取り出した。

「胸ポケットからは溶けかかったチョコレートと、鍵が見つかりました」

チョコレートの方は、見る限り少しお洒落な板チョコだ。ドライフルーツが混ぜ込んであることと、真ん中の部分が溶けて筋のようになっていること以外は、至って普通の代物に見える。

それに対して、鍵の方は変わっていた。少なくとも、鍵と聞いて要が思い浮かべるものとは全く違っている。

写っていたのは古い洋館などに使われているような、重そうな鍵だった。ブレードの部分が一般的なものより短く、キーヘッドの部分にはスペードを模《も》した綺麗な飾りが付いていた。多少なり常識が違っているとはいえ、この鍵を家用に使っている人は少ないんじゃないだろうか。ややあって、要は尋ねる。

「これ……何ですか？」

「グランドピアノの鍵ですよ。ご存知か分かりませんけど、グランドピアノという楽器があって、その上蓋《うわぶた》にね、ついてるんですよ。鍵。これ失《な》くしちゃうと大変なんです。調律師さんを呼ばないといけなくなりますから」

音楽に対する知識レベルを相当に低く見積もったのか、木村は懇切丁寧にそう説明してくれた。どうやら、目の前の弁護士も世間一般よりは音楽に詳しいらしく、心なしか口調が弾んでいる。

「……私の抱いている殿村社長のイメージと、グランドピアノはあんまり結びつかないんですが」

「えーっと、趣味ってわけじゃないんですよ。殿村さんは元々件のビルの一階でクラヴィオルガヌムの教室をやろうとしていたらしいんです。しかしアレは場所を取りますからね。殿村社長の設置案だと、一台置けるかどうかも怪しかったんですって。クラヴィオルガヌムが駄目ならピアノやチェレスタならどうかって話をしていたらしいですから、それじゃないですかね」

なるほど、と要は思う。これで何となく話が繋がってきた。冴昼の話にあった『一階と二階を使っての新しいビジネス』とは、木村の言う音楽教室のことだったのだろう。教室を始める為に業者に修繕費を見積もってもらって、グランドピアノを用意する。

今までは晩酌《ばんしゃく》用でしかなかった『別荘』に新しい使い道が用意される。流星群を見ながら、殿村和馬はそんな未来を夢見ていたのかもしれない。

そんな要の想像を余所に、木村は鍵の写真を見てうっとりと声を上げていた。

「いいですね。これ、かなり上等なものですよ。六百万はくだらないかと」

「六百万……」

「ああ、鍵じゃなくてですね、本体」

「それは分かります」

六百万。グランドピアノともなれば安い買い物じゃないのだろうが、それにしたって結構な金額だった。

「さっきの推論が本当なら、殿村社長は、かなり設備投資にお金を掛けようとしていたことになりますね」

「当然でしょう。子を持つ親なら一度は子供に音楽をやらせたくなりますからね。まあ、ピアノよりはクラヴィオルガヌムの方が需要はあるでしょうが」

クラヴィオルガヌム。連なった箱のような奇妙な楽器。空に向かって積み上げられた鍵盤を、キャリアと両手で弾く楽器。勿論他の楽器と比べてどうというわけじゃないが、あの独特の旋律は確かに他には無い魅力があった。

「……まあ、私の方から呉塚さんに渡せる情報なんてこのくらいですよ」

「いえ、十分です」

ただでさえ奇矯《ききょう》な案件なのに、そこにいきなり部外者が飛び込んできたのだ。二重にやりづらいだろう。それでも木村は最大限こちらに情報を開示してくれた。

「それにしても木村さん、ありがとうございます。要にこんなに丁寧に説明してくれて」

その時、ずっと黙ってコーヒーを飲んでいた冴昼が口を開いた。それを聞いた瞬間、さっきまでビジネスライクだった木村の雰囲気がフッと和らいだ。

「当然でしょう。これに子規さんの無罪が懸かっているんですから」

「警察はもう俺の有罪を確信しているのに？」

「だからこそです」

そう強く言う木村は、冴昼を単なる依頼人として見ているようには見えなかった。まるで長く連れ立った友人のようにも見える。それに対して冴昼は何の違和感を覚えることも無く悠然と笑っていた。その構図を見た要は、心の中でほくそ笑む。そして、わざとこう言ってのけた。

「失礼ながら、木村弁護士にとっては厄介な依頼人でしょう。そこまで肩入れして頂く必要なんか無いのでは？」

「……そうなんですけどね」

そう言って、木村は困ったように目を細めた。

「子規さんと初めて話した時は本当におかしい男だと思ったんですよ。でも、何て言うんでしょう……。真面目《まじめ》な顔して猫はキャリアを使えるか、って聞くんですよ。人に近い方がいいなら猿はどうか、とかね。自分が殺人で裁かれようっていうのに、暢気《のんき》なんだか豪胆なんだか分かりません。キリンがキャリアを使えたら、首は長くならないんじゃないかとかね」

「だって気になったものだから」と、冴昼が言う。

「僕ならその時点で投げますね。こいつの弁護」

「投げられませんよ。何ででしょうね。この人が犯人としか思えないのに……この人が殺人犯であって欲しくなくて」

最後の方は殆ど独白のようだった。

「その子規さんがあなたを呼ぶって言うものだから、てっきり他の弁護士か何かかと思ったんですよ。それが、探偵さん？　だって聞いて、驚きました」

「……まあ、そうですよね」

「あなたは本当に子規さんを助けてくれるんですか？」

その木村の言葉を聞いて、確信する。

今もなお、子規冴昼には話している相手を懐柔するに足る雰囲気がある。偽霊能力者時代に育てたカリスマ性が、まだここに残っている。観客を誑《たぶら》かすのに必要な素質は、異世界にあっても変わらずに持っている！　この三年の間に、子規冴昼は錆《さ》びついたりしていない。それなら、もう一度やり直せる。

「大丈夫です。僕が子規を助けます」

ややあって、要はこう尋ねた。

「もしキャリアが使えなくなったら、木村さんはどう思います？」

「想像も出来ませんが、腕が一本無くなったような気分でしょうか。いや、全部だ」

3

訝しげな目には慣れていた。自称霊能力者に向けられる視線なんてそんなものだ。

それこそ、初めて子規冴昼をプロデューサーの前に出した日も、そんな目を向けられた。

テレビ局は絶えず新たな鉱脈を求めていた。霊能力者を自称する冴昼が、面会の機会に恵まれたのも、それが理由だろう。何かあれば儲けものだ。

与えられた時間は五分、それも風の吹きつけるタクシープールでの五分だった。それでも、その頃の二人には十分すぎるくらいだった。

「私には本物の霊能力があります」

冷えた目を向ける功上《こうがみ》プロデューサーに向かって、冴昼は静かに言った。手にはトランプが扇形に広げられている。

「一枚、好きな柄を言ってください。そうすれば、私が本物であることを証明出来ますよ」

「……クローバーの四」

功上の言葉に合わせて、クローバーの四が宙に浮き上がった。まるで、サイコキネシスでも働いたみたいに！　一層笑みを深める冴昼を睨《にら》みながら、功上がトランプを叩き落とす。冴昼の手にあったトランプも、一緒に地面へと散らばった。

「こんなの単なる手品だろ。マジシャン枠は足りてんだ。もっとしょっぱい局当たれや」

「手厳しいですね。でも、そうでなくては」

そんな扱いを受けてもなお、冴昼は少しも動揺していなかった。むしろ、その反応を待っていたかのように笑っている。それを見た功上が、一瞬怯む。子規冴昼と相対すると、人間は何故か酷く落ち着かない気分にさせられる。

そうして目を逸らした功上は、地面に落ちたトランプ全てがクローバーの四になっていることに気づいてぞっとした。

「ところで、先日解雇されたアシスタントディレクターの河村《かわむら》くん、覚えていらっしゃいますか？」

「……は？」

「表向きは社外秘のデータ一式を流出させたのが理由ということになっていますが、本当はあの流出の原因は、あなたですよね」

さっきと全く変わらない声色で、冴昼はそう続ける。斜め後ろで聞いていた要は、この時点で勝利を確信していた。素晴らしい、完璧だ。功上は冴昼を食い入るように見つめている。

「ああ、河村くんは何も言っていませんよ。そもそも彼は、全然担当の違う功上信二《しんじ》プロデューサーが流出のきっかけを作ったんだ、ということすら知りません」

「なら、どうして……」

功上の態度は、さっきと明らかに変化していた。冴昼が悪魔であるかのように震えて、次の言葉を待っている。

「私にはあなたの全てが見えています。過去も未来も心の中も、私に掛かれば全てが見通せてしまう。勿論、私はこの能力で不利益をもたらそうなんて思っていませんよ。ただ、信じて頂くにはこの方法が一番手っ取り早いんじゃないかと思いまして」

冴昼はそこで、小さく首を傾《かし》げた。長く伸ばした髪が揺れる。

「……どうですか？　有象無象の偽物たちはいざ知らず、――私は本物ですよ。功上プロデューサー」

功上は化物でも見るような顔をして、冴昼のことを見つめていた。直接的に何かを要求したわけじゃない。けれど、プロデューサーは子規冴昼のことを邪険には扱わないだろう。扱えるはずが無い。

功上の乗ったタクシーが見えなくなってから、どちらともなく息を吐いた。ややあって、冴昼が口を開く。

「脅迫じゃん」

「脅迫だな」

そう言いながら、要は地面に散らばっていたトランプを拾い上げる。クローバーの四を小さく振ると、それは一瞬でスペードの女王に変わった。それを見た冴昼が小さく笑う。

「お前にやらせたのは宗教と同じだよ。最初に妙なものを見せられると、関係無いものまでスピリチュアルに見える」

「本当はただのパパラッチと変わらないのにね」

「でも、なるべくしてなったことだ。報いにしては上出来だろ」

共犯者になると決めた日から、要は意図的に二人でいる時の敬語を止《や》めた。それは、単なる先輩後輩であった自分たちとの決別だった。周りに人がいる時は、それこそまともに口を利かなかった。あくまで要は冴昼のマネージャーなのだ。それに、必要以上に目立ってしまっては『腹話術』をやることも難しくなってしまう。

「これでまた忙しくなるぞ。いや、忙しくなるなんてもんじゃないな。全部が変わる」

「本当に俺でいいのかな。本当は全部嘘なのに。全部が悪い冗談みたいだ」

一緒にカードを拾い集めながら、冴昼が笑う。ややあって、要が口を開いた。

「……量子の状態は観測者が観測した瞬間に状態が確定するらしい」

「コペンハーゲン解釈？」

冴昼が首を傾げながら呟く。あいにくと、そんな名前のことは知らなかった。それに、重要なのはそこじゃない。

「どう見ても量子よりお前は大きい。多分数十億倍以上ある。ということは、その理論も一万倍以上適用されてなきゃおかしい。お前を霊能力者として観測した人間がいれば、お前は霊能力者なんだ」

「絶対間違ってるのにそれっぽく聞こえるんだから凄いよな」

「キリストは俺に広報をやらせるべきだった。そうすれば死ぬことも無かった」

「この詐欺師」

「知ってる」

薄汚れたトランプを束《たば》ねながら交わした、そんな会話を覚えている。

「観測してくれ、俺のこと」

その日、冴昼はそんなことを言ったのだった。


三階建てと聞いていた件のビルは、地上から見るとやたら巨大に見えた。一部屋一部屋が縦に長い関係上、想定していたよりもずっと背が高い建物になるらしい。

ビルの入口には申し訳程度のバリケードテープが貼られている。その気になれば突破出来てしまいそうな、温《ぬる》い防御だった。

けれど、確かめたいのはそこじゃなかった。ビルから少し距離を取って、上を見上げる。

屋上の様子は見えなかった。屋上を取り囲む柵《さく》が見えるだけで、そこで酒を飲んでいる人間は確認出来ない。

地上から屋上の人間を殺せるかどうかについても、かなり怪しいところだった。ただ、キャリアを持っていれば不可能じゃない。例えば、殿村がその柵に寄り掛かるようにして地上を見下ろしていたとすれば、キャリアを使っての殺害が可能だろう。殿村社長を柵に誘導してからなら殺せる。けれど、それならそれこそニューパレスホテルの屋上に上がって、そこから撲殺した方がずっと手軽だ。冴昼の言った通り、ホテルの外階段は朱色の立派なもので、夜だろうとこれを見落とすのは難しいだろう。そもそも、屋上まで上がらなくとも、外階段の上階に上がるだけで現場を見渡すことが出来た。

入口からビルの中を覗《のぞ》くと、明かりの消えたエレベーターと、例の階段が見えた。腐食が進んでいるという階段は、正直なところただの瓦礫《がれき》の山にしか見えなかった。ここをわざわざ登っていくのは骨が折れることだろう。時間もかかる。

「……予想以上に廃墟《はいきょ》染みてるな。こんなところリフォームして使えるのか?」

「骨組さえしっかりしていればガワはどうにかなるんじゃないの」

要の言葉に対し、冴昼はそう言って笑った。なるほど、含蓄のあるお言葉だった。流石ガワを被ることに一家言あっただけのことはある。

「普段からカラーコーンと立ち入り禁止の札は掛けてあったので、そうそう人は立ち入らないところだったんですよ。誰か怪我したら大変ですからね」と木村が付け足す。

「殿村社長はそんなところで酒盛りをしていたんですか？」

「社長が自分の所有物で怪我をしようが問題ではないんですよ」

まあ、責任問題って何処にでも発生しうるものですからね、と要はおざなりな返答をする。確かに、こんな場所に入るのは危険だろう。けれど、見るからに危険そうな場所だからこそ入りたがるということも無くはない。

「これ、中入ったら駄目ですか？　木村弁護士」

「駄目に決まってるでしょう。もし警察官に見つかったら厄介なことになりますよ」

「そうですか、分かりました」

要はあっさりと引き下がる。ここでの自分たちは異邦人なのだ。目をつけられたらまずいことになる。

「おい、冴昼」

「うん？　何かな」

ビルの近くで石を積んでいた冴昼に声を掛ける。

「大体分かった。キャリアが使えるか使えないかの二択になるのは、今のままじゃ道筋がそれしか無いからだ。なら別の物語の筋道を作ってやればいい。というわけで、これから聞き取り調査をする。お前は今からヤマムラだ。指示するから、お前が誑《たぶら》かせ」

「承知しました」

冴昼は瞬時に生真面目で熱意のある好青年の顔に変わって言った。


聞き取り先の一つ目、殿村不動産は、意外とすんなりアポイントを取ることが出来た。儲かっている会社らしく、繁華街の一等地にオフィスが構えられていた。

小綺麗《こぎれい》な応接室の中では、きっちりとしたスーツに身を包んだ女性が待っていた。張りつめた雰囲気の彼女が、冴昼を見た瞬間にふわりと相好を崩す。

「あ、お待ちしてましたー。どうもはじめまして。あたしは総務部長の土屋《つちや》かおりです」

冴昼は握手をしながら、笑顔で挨拶をした。

「僕は容疑者の予備弁護士で、ヤマムラといいます」

「えっと、予備弁護士って何ですか？」

「起訴の前段階から事件を捜査し、裁判を円滑に進める為に雇われている者です。この度はお時間割いて頂いてすいません。隣は助手の木村と呉塚です」

紹介された本物の要と木村が小さく会釈をする。木村は未だにこのやり方に納得がいっていないようだったが、渋々従っていた。

冴昼は存在しない『ヤマムラ』の振りをしながら、堂々と笑っている。一から十まで嘘の男と相対する土屋は、まさか目の前の男が容疑者その人であることには気がついていないようだった。

「聞き込みには自分で行け」と要が鷹揚《おうよう》に言い放った時、冴昼は少しも動揺すること無くそれを受け入れた。何しろ、それは長らく二人でやってきた役割分担だったからだ。

会話には独特の文法がある。間の取り方、言葉のリズム、あるいは目を合わせるタイミングでさえ正解が存在するのだ。それを読むのは、どちらかと言えば冴昼の得意分野だった。人間は出会ってすぐにその人を印象で判断するという。認識するまでの数秒さえ摑んでしまえば、ここは冴昼の独擅場《どくせんじょう》だった。

「早速ですが、土屋さんは総務部長として、かなり殿村社長と密接に関《かか》わっていたと聞いていますが」

「小さい会社ですからね。社員も百人くらいの」

「経営や仕事上にトラブルなんかは？」

「無かったですよ」

土屋はきっぱりとそう言って、手元の煙草に火を点けた。吐き出した煙は、真っすぐに換気扇へと吸い込まれていく。

「こと社長職に関しては、殿村社長は完璧でしたよ。部下のことも大切にしてましたし。まあ、人柄《ひとがら》が十全かって言われるとそうでもないんですけどね。……結構押しつけがましいところもあって。ほら、何て言うか……」

土屋は一旦言葉を切り、こう続けた。

「あたし、この間彼氏と別れたんですけど、その三日後よ？　三日後。知り合いを手当たり次第に集めて合コンやるぞーって。普通に無いわー、と思ったんですけど、一応社長がセッティングしたから行かなきゃだし」

「上手い具合に最悪ですね」

「首尾を聞かれた時は確かに殺意ポイントが高かったかも。そういうとこかな。欠点は」

指の端《はし》で小さく殺意のポイントを表しながら、土屋が笑う。

「でも、それ以外はほんと、いい社長でしたよ。恨みを買ってるって聞いたこと無いし」

「そうですか……。ところで、土屋さんが、屋上にいる殿村社長を殴り殺すとしたら、どうやりますか？」

「どうやるって……普通に殴りますけど」

「普通に？」

「え？　えーっと、あの近くって屋上でテラス開放やってるホテルありましたよね？　そこ上がって素手……とか？　あ、でも流石に素手じゃ厳しいか。んーと、何かそれっぽい凶器とか使って」

この場合の〝素手〟とは、キャリアのことを指すのだろう。異文化に住む相手とのコミュニケーションにおいて、言葉は素晴らしく理解の助けになる。

「屋上に直接行って殺そうとは思いませんか？」

「何でですか？」

意味が分からない、といった風に眉《まゆ》が顰《ひそ》められる。

「仮定の話です。仮にそうするとしたら」

「えー、でも理由が全然分かりませんよ。なんだろ、何か欲しかったとかだったら素手で取ればいいですし。そもそも社長に呼ばれてたとかだったら、エレベーターで上がって不意を衝けばいいいし。ていうか元々殺すつもりだったなら、向かいのホテルとかから普通に殺した方がいいじゃないですか？」

「普通に……まあそうですよね」

現場に近づけば近づくほど、リスクは増えていく。実際に犯人はステップを踏み抜いてしまっているのだ。屋上に上がろうとしなければ、そんなことにはならなかった。あんな階段を使えば、最悪の場合怪我をしてしまっていたかもしれないのだ。

キャリアを持っている人間はどう考えてもあの屋上には上がらない。そこは動かしがたい事実のようだった。

横で二人の会話を聞きながら、要は一人思考を巡らせていた。考えられる可能性があるとすれば、キャリアの使えない人間がいると知っていて、予《あらかじ》めその人間に罪を被せようとしていたパターンだろうか。そんな想定をする人間がいるだろうか？　今までこの世界に現れたことの無い異分子なのに？

罪を被せる為に、異世界から召喚される子規冴昼のことを想像する。冤罪を掛けられる為の壮大な旅路。……だとしたら、要の過ごしていた虚無の三年間って一体何なんだろうか？

「まさかあたしのこと疑ってるんですか？」

その言葉で現実に引き戻された。確かに、今までの話の流れからすれば、そう思われても仕方が無い。要が膝《ひざ》で微《かす》かに合図を送ると、冴昼は冷静に別の方向へと舵《かじ》を切った。

「いえ、そういうわけじゃありませんよ。むしろ土屋さんは絶対にそんなことをしないと思っているから、こんなに突っ込んだ話が出来るんです」

「じゃあ曾根《そね》さんのこととか？　あの人の方がもっと無いですって。だって社長、曾根さんのことめちゃくちゃ心配してましたし。出来ることなら何でもするって」

「……やはり、まだ大変な状況なんですか？」

曾根さん、という名前を聞いた覚えは無かったが、冴昼は上手に話を合わせた。ゼロから一を聞き出すより、こっちの方が話させやすい。案の定土屋はごく自然に続けた。

「うーん、具合はもう大丈夫だと思うんですけどね。曾根さんも随分休み取って娘さんについててあげましたし。あ、でも立ち直れてるかは怪しいから、社長がどうにか元気づけようって計画してたみたいで」

どうやら曾根さんという社員の娘さんに何か——病気か事故か、あるいは別のトラブルか——が起こって、休暇を取ったらしい。

「ほら、社長も社長で息子さん亡くしてるでしょう。別れた奥さんが引き取った子供だから、詳しく語りませんけど。だから余計に曾根さんのことが心配なんでしょうね」

息子の死。殿村社長の遺族の話で、今の奥さんしか話題に上らなかったのはそういうことなのだろう。

「まあ、元気づけようと余計なことをしなければ、社長は十全だということで」

「そういうことです。そういうことなんですよね」

土屋は深く頷いた後、不意に真剣な表情になった。

「でもね、殿村社長、そんな殺されるような人じゃなかったと思いますよ。別に弁護してるわけじゃないですけど。強盗に殺されたっていうなら、それが一番ありそうだろうなって思います」

嘘を言っているようには思えなかった。総務部長として殿村社長と共に戦っていたからだろう。土屋は随分殿村を慕《した》っているようだった。

「うわ、こんなこと、容疑者の弁護側の人に言うのもアレですね。すいません」

「いえ、お気になさらず」

「不躾《ぶしつけ》ついでにもう一つ。社長は、その容疑者の人に殺されたんだと思いますか?」

ややあって、冴昼は答える。

「私はそう思ってはいません」

「ああ、なるほど」

土屋の手から煙草が離れ、そのままジュッと火が消えた。

「なら、きっと教えてくださいね。真犯人のこと」

「私なんかがお話し出来ることがあればいいんですが」

ともすれば卑屈に聞こえそうな言葉から、曾根との話は始まった。セッティングしてくれた土屋に、心の中で感謝する。土屋が仲介してくれなかったら、曾根は話そうともしなかっただろう。そのくらい曾根は神経質そうな男だった。年の頃は五十代半《なか》ばくらいだろうか。痩《や》せぎすで目が落《お》ち窪《くぼ》んでいる所為で、随分老《ふ》けて見える。

「経理部長をしています。曾根正弘《まさひろ》です」

「お時間割いて頂きありがとうございます。ヤマムラです」

冴昼はさっきと同じように友好的に話しかけた。土屋と話す時よりやや下げたトーンと、短い間合いで話を詰める。それに対し曾根は、やや気後れしたような顔で言った。

「最初に申し上げておきますが、私の方はそう社長と個人的なお付き合いをさせて頂いたわけじゃありません。勿論、社員としてはよくして頂きましたよ。社長は今時に珍しい人情に溢れたお方でしてね。娘が大学入学の時は、音楽は何かと金がかかるからって、祝い金と称してボーナスを出してくれましたし、事情があれば、いくらでも休みを取らせてくれました。今時そんな経営者は珍しいでしょう」

それについては裏が取れていた。殿村社長は出来る限り部下の要望を叶《かな》えようとする人間だったらしい。

「実際に、曾根さんも半年前に長めの休暇をもらってますね。揉《も》めたりはしなかったんですか？」

「……いいえ。それどころか、一週間で申請したはずの有休が一ヵ月で下りた時は驚きました。……本当に善い方でしたよ、本当に」

曾根がぽつぽつとそう呟く。発言に矛盾は無い。

先程の土屋の発言を考えると、この有休は件の娘の事故の為に取ったものなのだろう。身内が事故に遭った部下の為に、最大限の便宜を図った上司。

「社長のご子息の話、聞いたことはありますか？」

「ああ、海外旅行で亡くなられたんですよね。とはいえ、殿村社長は前の奥さんと殆ど会っていなかったようですし、息子さんの話もあまりされませんでした。私も顔すら見たことがありません」

「……なるほど」

「まあ、社長はご子息を亡くされていなかったとしても、私に便宜を図ってくださったと思いますよ」

曾根は控えめな笑顔で言った。

それなのに、この違和感は何だろうか？

他人を操ることに人生を懸けてきた要にとって、その小さな引っ掛かりは無視出来なかった。微細な表情を読み取ることは、メンタリズムの基礎でもある。

曾根の表情は、何処か皮肉めいて見えた。勿論、表に出しているわけじゃない。本人すら気づいていないだろう。何しろ彼は、亡くなった社長の寛容さについて話しているのだから！　けれど、何処かしらに影がある。

どうするか。更に娘のことを聞いてみるべきなのか。それとも、社長について深く聞いてみるべきなのか。冴昼がちらりと要の方を見てきたので、咳払《せきばら》いで返した。考え中のサインだ。

迷っているうちに、曾根の方が話を打ち切ってしまった。沈黙が下りる。

ふとオフィスの棚に目を遣ると、同じパッケージの洗剤が大量に並んでいた。これだ、と思いながら、要は自分の右耳を触る。それに合わせて、冴昼は洗剤の方に視線を向けた。

「ああいったものも開発してるんですか？」

「ええ、殿村社長は色々と新規事業に手を出しているんです。投資ですね」

そう言って、曾根は近くの引き出しから一冊のパンフレットを取り出した。

「最近は、掃除をする時に使う洗剤の開発に力を入れています。あそこに置いてあるアレですね。清掃中に水球が目の中に入っても大丈夫なものを作ろうということで依頼しているんですが。まだまだ実用化にはほど遠いですね。これが実用化すれば、子供が物陰《ものかげ》から飛び出してきて洗剤入りの水球を被ってしまっても大丈夫なんですが」

パンフレットでは、母親らしき女性が、水を浮かせて球にしていた。無重力状態にある水の球に、子供が突っ込んでいる写真も併せて載っている。大切なお子様を守る為に、という文言がピンク色で書かれている。出来ることが増えれば、想像もつかない弊害が生まれるものなのだろう。

向こうの世界でも、手が荒れない洗剤なんかは開発されているが、ここではキャリアが発達している分、その部分は問題にならないのだ。キャリアは傷つくことが無い。

洗剤についての説明をすると、曾根はまたもや黙ってしまった。それを見て、潮時だなと思う。要が膝の上で手を組むのに合わせて、冴昼は最後の質問を繰り出した。

「最後に一ついいですか？」

「はい、何でしょう」

「殿村社長がいつも行っていたチョコレート屋の名前って知ってますか？」


「何であんなことを聞かせたの？」

「殿村社長の胸ポケットに入ってたチョコレートだよ。あの出所を確かめたかった」

「なるほど、俺はてっきりチョコレートが食べたいのかと思ったよ」

「あのあからさまにキラキラした店構えを見ても俺の趣味だと思うか？」

殿村社長が懇意にしているチョコレートパーラー・ビバーチェは、クラヴィオルガヌム演奏会が行われていた広場を、ずっと先に行ったところにある、白と金で纏められた瀟《しょう》洒《しゃ》な店だ。人気の店らしく、多くの客で賑《にぎ》わっている。

ガラス張りの厨房《ちゅうぼう》では、まさにチョコレートが作られていくところが見学出来た。

液状のチョコレートを職人がキャリアで持ち上げ、空中で成形していく。中空で回転するそれは、瞬《また》く間《ま》に小さな馬の形になった。温度を感じず、自由自在に動く第三の手。その隣の職人は、チョコレートを人の顔の形に成形している。傍目《はため》には、チョコレートがひとりでに変化していくように見えた。

「凄い！　これ凄いよ！」

それを見ながら、冴昼は子供のようにはしゃいでいる。

「やあ、気づかなかった。素手じゃないってことは体温とか関係無いんだもんね。俺ちょっと感動しちゃったよ。こうしてチョコレートをこねられるなら、他の食べ物も美味《おい》しいんだろうな。ほら、お寿司《すし》とかって体温が低ければ低いほど美味しく握れるんでしょ？」

そんな冴昼を見て、木村は不思議そうな声を出した。

「子規さん、チョコレートを見たことが無いんですか？」

「キャリアを使わなくてもチョコレートは作れるので、見たこと無いってことはないんですけどね」

呆《あき》れながらそう口にする要も、その光景の凄さには圧倒されていた。

馬や羊や人の顔になったチョコレートは、キャリアによって、並んでいる客たちに運ばれていく。最初から最後まで、チョコレートが手で触れられることは無い。繊細な細工を施されたそれを受け取った女性客が、宙に浮いた羊と写真を撮っていた。

「いいなあ。あの羊、俺も欲しい」

「お前あれどうやって食べるんだよ。キャリアが無いんだから直《じか》に掴むことになるだろ」

当然ながら、チョコレートは全てああいったタイプのもので、棒付きのものは存在しない。苦々しい朝食バイキングの再来だ。

「そもそも、ここにはチョコレートを楽しみに来たんじゃないだろ」

「そうなんだけどさ……」

冴昼は未だに未練がましくチョコレートの羊に焦《こ》がれている。

「はい、ご注文お決まりでしたらどうぞ」

そうこうしているうちに、冴昼の順番が巡ってきた。

「すいません。注文じゃなくて……店主の児玉《こだま》さんにお話があるんですが」

そう言うと、レジを打っていた店員と入れ替わるように、厨房から、無愛想《ぶあいそう》な一人の男性が出てきた。さっき、チョコレートで馬を作っていた職人だった。

「私が児玉ですが。……どうかなさいましたか」

「すいません。僕は週刊ジャーナリズムのヤマムラといいます。殿村和馬さんがこの店に通っていらしたと聞いて、少しお話を伺いたいんですが」

さっき作ったばかりの名刺を差し出しながら、冴昼はハキハキ礼儀正しく挨拶をした。要はコーヒーだけを注文して、その様子を密《ひそ》かに見守る。

「取材なら受けませんよ。あんたみたいなのが沢山来たんだ。何も喋ることは無いってことで帰ってもらってる。言っておくがな、こっちは何も話すつもりは無い」

明確に敵意を剝き出してくる。マスコミに対するアレルギー反応も、よくある話の範《はん》疇《ちゅう》だ。けれど、この第一印象だからこそ打てる手もある。冴昼はうって変わって苦しげな表情を浮かべて、再度言った。

「あの、お話だけでも聞いて頂けませんか！　僕は確かに記者ですが、被害者の私生活を面白おかしく記事にするつもりはありません。……むしろ、僕が記事にしたいのは、この曰《いわ》くつきの事件の行方で……」

わざわざ言葉に詰まってみせると、児玉はぴくりと反応を示した。

「事件の行方？　犯人はもう本決まりだって聞いたが」

「……ここだけの話、どうも、犯人は心神喪失で無罪を狙《ねら》っているらしくて。どうもそれが通りそうなんです」

「罪に問われない？　そんな馬鹿な話があるか？」

「そういう時に何が相手方を動かすかって、まあ当然ながら世論です。……どうですか？　社長の無念を晴らせるのは、もしかすると児玉さんだけかもしれない」

密やかに囁《ささや》くと、児玉の表情はすっかり一変していた。冴昼の印象は、怪しい記者から、義憤に駆られる社会派の記者になっているだろう。この好転反応を引き出せたら、もう勝ちも同然だった。

「本当にお前、信用出来るんだろうな」

「記事が出来上がったら確認してください。児玉さんの意に沿わないものであれば、掲載を差し止めます」

勿論、記事が完成することなんて永遠に無いのだが。けれど、この言葉が効いたのか、児玉はようやく重い口を開いた。それを見てから、要と木村は近くのテーブルに腰掛ける。木村はちゃっかりチョコレートを購入しており、自分の周りにチョコレートで出来た小さな土星を浮かべていた。

「……美味しそうだったもので」

「いえ、別に木村弁護士を責めているわけではないんですが」

「これほど自分にキャリアがあって良かったと思ったことはありません」

木村が土星の輪に齧《かぶ》り付くのに合わせて、児玉の口が開いた。

「……いいお客さんだったよ」

「もう長いんですか？」

「もう四、五年になるかね。最初は社員さんに配る為のチョコレートを発注しに来たんだよ。確か……バレンタインか何かだったかね。チョコレートがもらえない社員さんの為に、嫌んなるくらい食わせたいって言って、しこたま買い付けにきたんだ。相当値が張ったんだがね、まあ、気風が良かったんだね。社員の為なら金は惜しまないってタイプの人なわけだ」

よほど殿村社長に入れ込んでいたのか、児玉は熱っぽく語った。話から見える殿村社長像は、概ね土屋の語っていた印象と似ている。

「このチョコレートをご存知ですか？」

例のチョコレートの写真を見せると、児玉は間髪入れずに「ああ、社長のお気に入りだ」と言った。

「社長はどうしてこれを？」

「社長のニーズに合ってたんじゃないかね。ポケットに入るサイズで、単純に食べやすい。あと、ウチのチョコレートは成形した形を長く楽しんでもらえるように、固まった後は溶けにくいようにしてる。持ち運びに適してる奴《やつ》なんだな」

そう言って、児玉は実物を出してきた。名刺サイズのチョコレートに、写真よりもずっと鮮やかな色をしたドライフルーツが埋め込まれている。

「良かったら持って近くで見てみるといい」

「ありがとうございます」

そう言って、冴昼は実際に摘まんでみる。件のチョコレートは重く、硬かった。素手で触ったのにもかかわらず、チョコがなかなか手につかない。どういう仕組みなのかは分からないが、溶けにくいのは確かだった。

それなら、あのチョコレートは何故溶けていたのだろう？

「……何でそっちの手で触るんだ？」

児玉が不思議そうに呟く。この世界では、食べ物は基本的にキャリアを使って持つ。チョコレートなんて尚更《なおさら》だ。

「いえ、実際の硬さを確認したくて。チョコの方は買い取らせて頂きますので」

「いや、いいよ。……最初は胡散臭《うさんくさ》い奴だと思ってたけどな、今はあんたを信用してもいいんじゃないかと思えてきた。殿村社長の無念、どうにか晴らしてやってくれ」

そう言って、児玉はふわふわとチョコレートで出来た薔薇《ばら》の花を浮かせてきた。これも、キャリアを使って空中で成形したものなのだろう。花弁の一枚一枚がふわりと外に向かって開いていて、まるで本物の花だった。

「見事なもんだろ。キャリイングチョコレートだけは、誰にも負けてない自負がある。よければ持ってってくれ」

チョコレートの花を浮かせながら、児玉が真剣な顔で言う。今度こそ素手で摑むに摑めないチョコレートだ。手で触ればすぐに溶けてしまうだろうし、そもそも折れてしまうかもしれない。少しだけ逡巡《しゅんじゅん》してから、冴昼は言う。

「ありがとうございます。……実は、甘いものは控えるようにと主治医から言われていますから」

「兄ちゃん、その歳《とし》で糖尿か？　不摂生してるからだろ」

気の毒そうな声を掛けられて、冴昼は苦笑いを返した。

一通り話を聞き終えたところで、三人は一旦情報を纏めることにした。チョコレートに未練を残した冴昼を引き剝《ひは》がし、近くのサンドイッチ店に入る。サンドイッチなら素手で食べても問題無いからだ。キャリア無しの人間に優しい店内に感謝しながら、ＢＬＴサンドに齧り付く。

「収穫はあった？」

　ピクルスを器用に抜き取りながら、冴昼がそう尋ねる。「まだ収穫と言えるほど何も分かっていないでしょう」という木村に対し、要は静かに言った。

「少なくとも、何が起こったのかまでは理解した」

「え⁉　そんな」

「流石、それでこそ要だ」

　驚く木村の横で、冴昼が小さく手を叩く。

「でも、そもそもどうしてそんなことになったのか、何で殿村社長が殺されたのか、そこが正直分からない。こうなってくると、どうやって冤罪を晴らせばいいのか……」

「動機、動機ねえ……。それこそ下にいた人が、ぱかぱか高級ワインを飲んでた殿村社長を妬《ねた》んだとか」

「……地上からビルの屋上は殆ど見えなかった。殿村社長が地上から殴られるとすれば、社長が柵から身を乗り出して地上を覗き込んでいた場合だけだ」

「それなら殿村社長が何かを目撃して、口封じの為に殺されたっていう可能性もあるんじゃないでしょうか？」と、木村が言う。

「無くはないかもしれないですけど、公の場で悪事をすることは無いんじゃないでしょうか。それこそ殺人でも起こったのなら、流石に痕跡《こんせき》が残りそうなものでしょう？」

「それもそうですね……」

「だから、犯人は屋上にいる殿村社長を見て、突発的に殺意を抱いたことになる……ってことは、口論か何か……でも……」

今まで聞き取りを行った殿村社長の人柄と一致しない。道端《みちばた》にいる人に喧嘩《けんか》を吹っ掛けるような人間には思えないのだ。それも、星を見に屋上へと上がっている時に。そもそも、口論が原因でうっかり殺してしまったところで、どうして屋上に行く必要がある？

「屋上から嘔吐《おうと》されたら殺意のメーターが一気に上がりそうじゃない？」

真面目に可能性を検討する要と木村を余所に、冴昼はそう言って笑っている。

「流石にそれは殺される理由になるかもしれないが、そんな痕跡があったら警察も見つけてるだろ」

「一応検討してくれるところが好きだよ」

「それは何より」

「すいません、少しお手洗いに行ってきます」

そう言って、木村が立ち上がる。

それに合わせて、冴昼がすうっと目を細めた。

「ところで要、この世界はどう？　なかなか面白いだろ」

不意に冴昼がそんなことを尋ねてきた。ややあって、要は不機嫌を隠さずに答えた。

「俺がこの世界で好きになれる部分があるとしたら、お前がいることとの一点に尽きる。サイコキネシスも冤罪もうんざりだ。けど、お前がいない世界よりずっといい」

たとえ地獄でも、と心の中で言い添える。

ある意味で、元の世界こそが要にとっての地獄だ。

「……そのくらい俺の三年は長かった」

「ずっと気になってたんだけど、その三年ってどういう意味なの？　少なくとも、俺は事務所を出てから長くても二週間くらいしか経っていない感覚なんだけど」

「……は？」

嘘を言っているようには見えなかった。警察署で再会した時の噛み合わなさを思い出す。三年の月日を感じさせない様子の子規冴昼。その印象がもし正しいのだとしたら？

本当に、子規冴昼の中では三年も経っていないのだとしたら？

要の背筋を冷たい汗が流れる。何か恐ろしいものに巻き込まれたような予感がする。

「いや、まさか時間の流れも違うなんて、本当に想像を超えてくるよね？　それを踏まえて、一つくらいこの世界で気に入ったものがあるんじゃない？」

冴昼は状況が分かっているのかいないのか、暢気にそんなことを言った。サイコキネシスと共に発展した世界は、こんな状況じゃなければ確かに物珍しくて面白いかもしれない。もっと見て回れば、思いもよらないものが見られるだろう。

少しだけ考えてから、要は口を開いた。

「……クラヴィオルガヌム」

この場所に来て、一番印象に残ったものはあれだった。

箱を組み合わせたかのような異形《いぎょう》の楽器。そこから流れ出る多層的な音。

元の世界に戻ってしまえば、クラヴィオルガヌムの演奏を聴くことは無いだろう。そのことは、少しばかり残念だった。あの楽器に手の届く人間は、あっちの世界には存在しないのだ。

「あー……なるほど」

要の言葉を聞いた冴昼は、ややあって躊躇いがちに呟いた。

「クラヴィオルガヌムはあっちの世界にもあったものだよ」

「は？　……あんなもの見たこと無いぞ」

「それはそうだよ。そもそも、俺たちの時代にはもう殆ど演奏されていない楽器だから」

「演奏されていない楽器……」

「勿論、こっちの世界でのクラヴィオルガヌムは、俺たちのそれよりずっと進化しているけどね。名前を同じくした原型は十六世紀から十八世紀には存在していた。チェンバロとオルガンを一つにした画期的な楽器として、かのモーツァルトの演奏音源も残っている」

すらすらと淀み無く、冴昼がクラヴィオルガヌムの歴史を語っていく。

「二本の腕しか持っていない我々が選んだのはモダン・ピアノだったんだろうし、実質的に使える手の多いこちらの世界では、クラヴィオルガヌムが生き残った。十八世紀の静かな戦いが、ここでの雌雄を決したわけだ。尤《もっと》も、ここでのピアノも、ちゃんと人気の高い楽器ではあるけど」

「……それ、本当なんだろうな？」

「要じゃないんだから、俺は嘘を吐かないよ。いや、前は吐いてたか」

「お前、そういうの止めろって本当に……」

「ついでに一つ聞いていいかな」

その言葉を聞いた瞬間、嫌な予感がした。こういう時の勘だけはよく当たる。

「物による」

「俺の代わりは、もう見つかった？」

「は、」

思わず息を呑んだ。それを聞くか、とすら思う。

「まさか三年が経ってるなんて思わなかったよ。決して短い年月とは言えない。失踪した相手を見限るには十分すぎる時間だ」

「何が言いたいのか、俺には分からない」

牽制《けんせい》するようにそう言ってやる。けれど、冴昼の言葉は止まらない。

「そうだね。つまりはどうして俺以外の霊能力者を立てて、あのショービジネスの世界に戻らなかったのか？　ってことだよ。きっと上手くいっただろうに。要なら何度だって上手く出来た」

まるで慈しむような声だった。昔は、こういう声を何度も聞いた。誰かを宥《なだ》める時、諭《さと》す時、冴昼はいつだってその声を使っていた。

「……お前に比肩する本物の霊能力者がポンポン出てきてたまるか」

「まあ確かに続編ってこけやすいよね」

からからと笑う冴昼は、それ以上の含みを持たせてはいなかった。それがなおのこと気に食わなかった。皮肉の一つにでもしてくれれば良かったのに、彼はそのことを本当の意味で疑問に思っている！

子規冴昼が消えた後。表舞台から諸共《もろとも》引き摺り降ろされた後。その後だって人生は続いた。冴昼の言う通りだった。同じことをすれば良かった。本物の霊能力者なんて何処にもいない。だからこそ、子規冴昼じゃなくちゃいけない理由なんて何も無い。

本来の要ならそうしていただろう。盤面を支配しているのは自分だ。従わない手駒は切り捨ててしまえばいい。

それなのに、三年をふいにした。いつか帰ってくるんじゃないかと思いながら、あの場所でずっと待ち続けた。冷静に考えたら馬鹿げている話だ。

気づけば、要は冴昼の両肩を摑んでいた。考えてみれば、再会してから冴昼に触れたのはこれが初めてだった。夢ならとっくに掻き消えているだろうが、子規冴昼はまだそこにいる。焦がれたこの感触すら、何だか恐ろしかった。

認めたくはないけれど、代わりなんかいないのだ。だからこんな場所まで来た。それを分かっていて、ぬけぬけとそう言ってのけるのが赦せない。

「……お前の代わりはいない。知ってるだろ」

「どうだろう。きっと俺くらい上手くやる人間は他にもいるよ」

「俺にとってはお前だけだった」

「こんなことが起こるんだ。もう一度〝奇跡〟は起こるかもしれない」

やけに厭世《えんせい》的な口調で冴昼が言う。それに反論しようとした、その時だった。

「……あ、」

その瞬間、全てのピースが揃《そろ》った。犯人が上に行かなければいけなかった理由、ホテルの屋上に上がるのではいけなかった理由、そして何より、殿村社長が殺された理由を、要は唐突に理解した。

「冴昼」

「何？　どうかした？」

「両手を見せろ」

こうして無事に子規冴昼の両手を確認した要は、木村が戻ってくるなり席を立った。

「ちょっと、子規さん！　呉塚さんが何処かに行こうとしてますけど！　いいんですか？」

対する冴昼は、サンドイッチからトマトまで排除しながら優雅に言った。

「呉塚要はね、俺の利益の為に動いてるんですよ。徹頭徹尾、子規冴昼の為に」

「はあ……」

「だって俺は呉塚要のジョイス・ヘスですから。公開検死のその日まで、何より大切にされないと」

「いいえ。ジェニー・リンドです。ところで木村さん。上手く行けば明日にはお目付け役から解放されますよ」

「それはどういう……」

「真犯人がその場で木村さんに弁護を依頼するでしょうから」

そう言って、要はすぐさま店を出た。呆気《あっけ》に取られている木村と、涼しい顔でいる冴昼だけが取り残される。

「……どういう意味ですか？」

「さあ。でも、これで終わったも同然ですよ」

そう言って、冴昼は優雅に微笑んでみせた。

「ところで木村さん、要にお金借りるの忘れたので今日泊まるところが無いんですが。ここ、ATM使えないんですよ」

「それなら留置場の方に戻るといいですよ。多分収容してくれると思います」

「あ、そうなるんですね。あー、はい、なるほど」

4

翌日、三人が集まったのは街外れの個人用音楽ホールだった。五十人規模の大きさのホールに、小さなステージが備え付けられている。ステージの中央には、立派なグランドピアノが置いてあった。

そのピアノの傍《かたわ》らには、寄り添うように冴昼が立っている。迫力のあるその楽器を前にしても、彼の存在感は際立っていた。

「呉塚さん、ここは何ですか？」

「ああ。心配することはありませんよ、木村弁護士」

「こんなホール、借りるのにお金も掛かったでしょう。一体何をするんですか？　ピアノでも演奏するんですか？」

「ここを借りたのは、社長の遺志を見せる為ですよ」

質問を躱《かわ》すようにして、要がひらりと話題を変えた。

「それより、頼んでいたものは無事に借りられましたか？」

「……用意しましたが、これを故意に破損・紛失した場合、罪に問われることはご了承ください」

「それは勿論。大丈夫ですよ」

要は笑顔でそう言うと、ステージ上の冴昼に向き直った。

「やるべきことは全部伝えた。いけるか？」

「勿論、元々俺の問題だしね」

冴昼はそう言うと、ひらひらと手を振ってみせた。

これから行うことは、単なる後処理でしかなかった。名探偵がよくやる派手な推理ショーも、要にとっては子規冴昼を取り戻す為の一ターンでしかない。それでもわざわざ冴昼にその役割を担わせるのは、単なる美意識の問題だった。

これから行うショーに一番相応《ふさわ》しいキャストを誂えることこそ、要の存在意義なのだから。

「それじゃあ、俺に最高のステージを見せてくれ」

要がそう言った瞬間、ホールの入口に曾根正弘が現れた。所在無げにしていた彼の目が、吸い寄せられるようにステージの上の子規冴昼を捉《とら》える。それを受けてから、冴昼が口を開いた。

「改めましてこんにちは、曾根正弘さん。私は今回の事件の容疑者である、子規冴昼といいます」

冴昼はそう言って優雅に笑ってみせた。威圧的ともまた違う独特の存在の圧が場を満たす。それを見た瞬間、要は血が沸き立つ心地がした。ここでの子規冴昼は霊能力者じゃなく単なる名探偵だ。要だって舞台袖ではなく客席にいる。けれど、冴昼とスポットライトさえあればそれだって構わなかった。

「……あなた、例の容疑者の方だったんですか。……どうしてここに？」

「勿論、かかる火の粉を払う為ですよ。単刀直入に言います。殿村社長を殺したのはあなたですね、曾根さん」

冴昼はよく通る声でそう言った。

一瞬の沈黙の後に、曾根が苦笑する。

「……まさかそんなドラマのような台詞を聞くとは思いませんでした」

「私も、こんな言葉を言う予定じゃありませんでした」

「……何故そんな話を？」

「私の考えはこうです。殿村社長はあの日、屋上から地上にいる曾根さんに話しかけていました。そして、その状態であなたの怒りを買い、地上からキャリアによって撲殺されてしまったんです」

「正直な話、納得しかねますね。私は日頃から社長にお世話になっていました。それに、今回の事件はキャリアが使えない人間の犯行なのでは？」

予想出来ていた反論だ。要は心の中でほくそ笑む。

それに合わせて、冴昼も冷静に答えた。

「そう、犯人が屋上に立ち入った痕跡があることから、今回の事件はキャリアを持たない人間の犯行だとされていました。不可解ですよね。動機も謎です。殿村社長には人間関係のトラブルが殆どありませんでしたから。部下のことを家族のように思い、支援を惜しまなかった」

「その通りです」

「だから、殿村社長は最後まで何がいけなかったのかすら気がついていなかったんだと思います」

薄れゆく意識の中で、殿村社長は何を思っていただろうか。その手には、彼の善意の塊《かたまり》が握られていたはずなのに。

「殿村社長はあの夜、善意から下にいる人間に——曾根さんに、とあるものを見せました。それが引き金だったんでしょう?」

「まるで見てきたように言いますね。……一体何を見せられたって言うんですか?」

「単刀直入に言います。見せられたのは、グランドピアノの鍵じゃないですか? それも、皆が誤解したようにあのビルで開く音楽教室の為のものじゃありません。あなたの娘さんにプレゼントする為のものです」

曾根の顔が歪《ゆが》んだ。そして、苦々しく言う。

「……相当お高いピアノの鍵だったんでしょう。……恥ずかしい話ですが、私の稼ぎでは到底買えない代物ですよ。それをくれる相手を撲殺するなんて、」

「……娘さんが事故に遭われたんですよね」

その言葉に、曾根は小さく身を強張《こわば》らせたように見えた。

「調べたらちゃんと出てきましたよ。大通り交差点での飲酒運転。通行人を巻き込んでの大事故。被害者は一命を取り留めたものの、左腕を切断することになった。彼女は音大に通っていて、クラヴィオルガヌムの演奏者として将来を嘱望されていたのに」

勿論、残った右腕とキャリアを使ってクラヴィオルガヌムを弾く選択肢もあるにはあったのだろう。けれど、ステージで見たあの演奏は。一本のハンデを背負ってなお、あの領域の演奏と闘うのは相当な覚悟がいる。

「……殿村社長は、曾根さんの娘さんに何かをしてあげたかったんだと思います」

だからこそ、殿村は弾けなくなってしまったクラヴィオルガヌムの代わりに、グランドピアノをプレゼントしようとしたのだ。

けれど、その違いが相手からどんな感情を引き摺り出すかということには、全く考えが及ばなかったのだ。

「代わりなんて無いんだ。娘さんが弾くべきなのはクラヴィオルガヌムであって、ピアノじゃない。それなのに、殿村社長は悪びれ無く右腕とキャリアを使って弾ける〝代わりの楽器〟を見舞いに寄越そうとした」

代わりなんて無いのに、と冴昼はもう一度口にする。

「だから怒りに駆られてしまった。目の前の殿村社長にこの焦燥が伝わることなんて一生無いんだと思ってしまったから」

曾根は黙って冴昼の言葉を聞いていた。積極的な肯定も否定も無い。冴昼はたっぷりと間を取ってから、改めて話し始めた。

「続けましょう。殿村社長を殴った後、あなたは直前まで社長が持っていたグランドピアノの鍵の行方が気になったんじゃないですか？　社長の死体の横にグランドピアノの鍵が転がっていたら、殿村社長が殺されたこととグランドピアノの鍵が事件に関係があると思われてしまう。そこから逆引きで自分に辿《たど》り着《つ》くことを恐れたあなたは、屋上に行って鍵を探すことにしたんです」

突発的な犯行で気が動転していたのかもしれない。と、要は思う。そして曾根は階段で屋上に上がり、うっかりステップを壊してしまう。それでも、ここまで来たらもう止められない。ここまで来たのだから、グランドピアノの鍵を確認しなければならない。

「屋上に上がった曾根さんは、無事にグランドピアノの鍵を回収し、殿村社長の胸ポケットに戻しました。そして、物盗りの犯行だと思われるように鞄を奪い、凶器と一緒に川に捨てたんです。これが殿村和馬殺害事件の真相です」

冴昼は淀み無く言い切った。

こうして整理すれば単純な事件だ。警察の地道な捜査でも明らかになったかもしれない。

けれど、この中にいきなり子規冴昼が放り込まれたことで全てが狂った。キャリアを使えない、というこの世界ではおよそ信じられないような存在が、空隙《くうげき》にすっぽりと嵌りこんでしまった。

「運命は曾根さんに味方しました。このままいけばグランドピアノの鍵からあなたに辿り着いていたかもしれないのに、あなたより遥かに怪しい私が先に勾留されてしまったんです。鍵も、壊れた階段も、屋上に上がらなくてはいけない理由も、全部この私が回収してしまったんです。何故なら私は、この世界で唯一、キャリアが使えない人間なんですから」

殿村を殺した理由も、屋上に上がった理由も、全てを説明出来るうってつけのお相手だ。

「これで、あなたはまんまと逃げおおせた。私が捕まったと聞いた時は驚いたでしょう。でも、都合が良かった」

「……黙って聞いていれば、酷い話ですね。そもそもどうして鍵がポケットを出入りしたと分かる？　見た人間もいないのに」

曾根の言葉を受けて、冴昼は一枚の写真を取り出した。

「これは、殿村社長の胸ポケットに入っていたチョコレートの写真です。どうしてこんな形にチョコレートが溶けたんでしょう？　まるで、熱いものが押しつけられたような溶け方ですよね。胸ポケットには、チョコの他にグランドピアノの鍵しか入っていませんでした。……恐らく、鍵は殿村社長の手を離れ、近くにあった焚火の中に落ちたんでしょう」

警察が殿村社長の死体を見つけた時、焚火台の炎はまだ煌々《こうこう》と燃え盛っていた。焚火台の炎は、事件の時も点いていたことだろう。

「グランドピアノの鍵は銅で出来ていました。熱伝導率の相当高い物質です。熱された鍵が、胸ポケットのチョコレートを溶かしたんです。これで十分証明になると思いますが」

「いや、まだ分からない。……グランドピアノの鍵が焚火台にあったとして、……あなたが拾って、用途が分からないから社長の胸ポケットに戻したのかもしれない」

「……曾根さん」

「強盗を働こうとした人間がそんなことはしない、と反論してくるかもしれないが。それでも無いとは言い切れない。どうなんですか、子規さん」

曾根は最後まで戦おうとしていた。無理も無い。もしかしたら、全てを冴昼に押しつけて逃れられるはずだったのだ。けれど、彼は今ですら、その発言の矛盾に気がついていない。

何故なら、彼らは生まれた時からキャリアと共にあるのだから。

曾根は黙って冴昼を睨みつけている。

それに対して、冴昼はゆっくりと両手を広げてみせた。

要に見せた時と同じ、白く綺麗な手だった。

「気づきませんか？」

「……何に、」

「こういうことですよ。私が疑われているのはキャリアが使えないからです。取り調べを受けている最中も、私は水一つ浮かせることが出来ませんでした。そんな私が炎の中から鍵を拾い上げたなら、必ず火傷《やけど》したはずなんです」

「それが――」

その時、曾根の顔色が変わった。

「あなた方は日常的にキャリアを使っているから、違和感を覚えなかったかもしれませんが、キャリアを持たない人間が、あの鍵を拾い上げることは出来ません。発見時もなお、あの屋上では火が焚《た》かれたままでした」

キャリアを使えば、熱いコーヒーを掻き混ぜることも、液状のチョコレートを成形することも出来る。火の中から高温の鍵を拾い上げることも可能だろう。二人には想像するしかない領域だ。ホットコーヒーに、マドラーすら必要としない生活なんて！

「あの鍵を私は拾っていないんです。少なくともこれで、私が社長を殺したという説は怪しくなってきませんか？　そうなれば、次に候補に挙がるのは――」

「……それが何になる！　そんなことで殺人犯呼ばわりか！　何がキャリアが使えないだ！　そんなこと、そんなことあるはずが無いだろ、大体――」

「曾根さん！」

その時、絶妙なタイミングで冴昼が声を荒らげた。不意を衝かれた曾根がびくりと身体を震わせる。一旦目を伏せる、そこから間を取って二秒。

「……私はあなたに伝えたいことがあるんです」

さっきとは打って変わって苦しげな声だった。悲しみに震える睫毛《まつげ》の動きまで目に見えるようだ。完璧だ、と要は心の中で喝采《かっさい》を送る。しばらくぶりに見たはずのパフォーマンスは、少しも衰えずにそこに在った。

テレビカメラの前で、悠然と千里眼を駆使していた時の子規冴昼がそこにいた。

「……伝えたいこと？」

雰囲気に呑まれた曾根が、小さくそう呟く。こうなれば、もう冴昼を止めるものは何一つ無かった。冴昼はゆっくりと壇上を指し示す。

「実は、曾根さんの娘さんに贈ろうとしていたグランドピアノは、あれなんです」

「……あれが？」

「木村さん。……鍵を貸して頂けますか？」

「あっ……はい」

息を詰めて行方を見守っていた木村が冴昼へ駆け寄っていく。そして、ビニール袋に入った件の鍵を手渡した。冴昼はそれを恭しく袋から取り出すと、ステージの上のグランドピアノに向かう。

「今回は木村弁護士に手伝って頂いて、こうして殿村社長のグランドピアノの鍵をお借りしてきました。スタインウェイのグランドピアノ、これが殿村社長が贈ろうとしていたピアノです」

そう言って、冴昼は手早く手の中の鍵を鍵穴《かぎあな》に差し込んだ。カチリと解錠の音が鳴る。

「ピアノの調律を行ってくださった方が仰《おっしゃ》っていたんです。このピアノは殿村社長にとって特別なものなのだと。だから、あなたの娘さんに譲る前に、殿村社長はある仕掛けをしていたんだそうです。……こちらに来て頂けますか？」

その言葉に合わせて、曾根が──曾根だけでなく木村も──ふらふらとグランドピアノに引き寄せられていく。二人が固唾《かたず》を呑んで見守る中、冴昼はそっとピアノの蓋《ふた》を開けた。

連なる鍵盤の上には、一枚の写真が載っていた。

快活そうな男子学生がフレームの中で笑っている。彼が弾いているのは、眩《まばゆ》くも重厚なグランドピアノだった。

「写っているのが、殿村社長の息子さんです。数年前、海外に旅行した際に事故で亡くなられました」

「……社長の……？」

「もうお分かりでしょう。このホールは、殿村社長が所有していた不動産の一つ。このピアノは殿村社長が自分のお子さんに贈ろうとしていたピアノだったんです。離婚後、母親に引き取られて絶縁状態だった息子さんに歩み寄る為に、社長が用意した一世一代のプレゼント！　彼がピアノを弾いていると知ったからこそ、用意したそれに、ついぞ息子さんが触れることはありませんでした」

心の底から痛ましそうな声で、冴昼が言う。そっとピアノの上蓋に触れる手は、ここにいない彼の肩に手を置いているかのようだった。

「もうお分かりなんでしょう？　殿村社長は、自分の息子さんにあげるはずだった大切なピアノを譲ろうとしていたんですよ！　……曾根さんの娘さんに、事故に遭ったけれど、まだ生きているお嬢さんに、託そうとしていたんですよ！　一緒に上蓋を開けた時、この写真と共に殿村社長は自分の息子さんのことを話そうと決めていたんでしょう。けれど、それは、叶わなかった」

　冴昼は殆ど泣きそうだった。ここには霊能力もテレビカメラも無い。少しの歪みが生んだ不幸な行き違いだけがある。

「それじゃあ……私が……したことは」

　震えた声で曾根が言う。

「一体あの日、何があったんですか」

「……呼び出されたんですよ、社長に。見せたいものがある、と言われた時は、まさかこんなことになるとは思っていませんでした」

　曾根は震えた声のまま、そう話し始めた。

「あのビルの入口に呼び出されて、屋上から社長の声がして、上を向いたら社長がグランドピアノの鍵を掲げていた。それは私の娘へのプレゼントなんだと。クラヴィオルガヌムがもう弾けない彼女の為の、プレゼントなんだと。ねえ、社長がその時何て言ったか分かりますか」

「何を……」

「『人間はいつだってやり直せる』と言ったんですよ。社長は。気づけば、石を持って殴り殺してました。あとはあなたの言った通りです」

諦めたような声で、曾根はそう呟いた。

「……グランドピアノ。あんなものは劣等楽器だ。それを恵んで悦に入る男を見て、怒りに震えない父親が何処にいる？　想像も出来なかったろうな、私の怒りなんて。私の娘はあんな男に踏《ふ》み躙《にじ》られたんだ。……あんな、あんな男に…………そう思い込んでいたのに……」

その言葉を皮切りに、曾根の目からぼろぼろと涙が零《こぼ》れ落《お》ちていく。

それに合わせて、冴昼は少しだけ背を丸めた。あまりにも自然な距離の詰め方だ。そして冴昼はこの上無く優しく言う。

「……殿村社長は伝えたかったんですよ。『いつだってやり直せる』『だって生きているんだから』って。ただ、それが不幸な行き違いを生んだだけなんです」

一体この世に不幸な行き違いでない人間トラブルがどれだけあるだろう？　それでも、曾根はその言葉で陥落した。

この温和で素晴らしいクライマックスの中で、要は一人、拍手をこらえるのに必死だった。この位置から子規冴昼を観られたのも大きい。客の立場から見ても、彼は少しも衰えていやしなかった。それだけでこの三年間の全てが報われる。

その後、曾根正弘は自ら警察に出頭した。

正直、真相を看破したところで超能力大戦のような展開になるんじゃないかと思っていた要は、心の中で安堵する。そういう状況になったら、なかなかどうして分が悪い。

投げられたカラーボールが白いキャンバスに当たり、飛び散ったインクが獅子《しし》の顔になる。同じように、隣のキャンバスに投げられたカラーボールは蝶の形になった。

恐らく、カラーボールが破裂した瞬間に、キャリアを使ってインクの飛ぶ方向や当たる場所を細かく調整しているのだろう。キャリアの精度と反応速度の試されるアートなのだ。

クラヴィオルガヌムの演奏が行われていた広場で、今日はこの『ストリート・キャリア・ドローイング』が行われていた。

用意された何枚ものキャンバスにカラーボールが投げられ、弾ける度に羽ばたく鳥や女性の横顔が現れる。ミスをしたのか、単なるインクの汚れになってしまった時は、「これは鯨です！」の声がフォローしている。笑い声があたりに響いた。

イベントをやってくれているお陰で、いい具合に人が多い。開けたテラス席に着きながら、要はただ相手を待っていた。マドラーが無いことは分かっていたので、今度はカフェオレを頼んだ。

「お待たせしてすいません」

スーツ姿ではない木村が、そう言って隣の席に座る。ラフなシャツにスラックス姿の木村は、年相応の普通の男に見えた。近くの店員にホットコーヒーを注文してから、木村が口を開く。

「子規さんは晴れて完全に自由の身ということで」

「何よりですよ。これでこちらも一安心です」

「これから待ち合わせですか？」

「ええ。留置場から直接来るそうで」

「それにしても、あの人の推理は凄かった——いや、呉塚さんが考えていたんですから、この言葉は正しくないですかね」

共に舞台裏に立っていたはずなのに、木村はそのことをすっかり忘れてしまっていたようだった。無理も無い。子規冴昼の舞台にはそれくらいの力がある。

「それにしても、木村さんから会いたいと言ってくださるとは。もうこちらに関わって頂かなくてもいい立場なのに」

「呉塚さんの話が本当なら、私があなたと話す機会ももう無いんじゃないかと思いまして。お二人は元の世界に帰るんでしょう？」

「まあ、いつ帰れるかは分からないんですけどね」

木村の表情は張りつめていた。大団円には相応しくない顔だった。

「だから、今聞いておかないといけないと思ったんです」

「何をですか？」

「あの写真の彼は殿村和馬の息子じゃありませんよね？」

カラーボールがパン、という音と共に大輪の花を描く。

一瞬の沈黙の後、木村は続けた。

「私は以前とある訴訟に関わっていました。海外ツアーパックに参加した大学生が二人死亡した件で、遺族が旅行会社に賠償を求めたんです」

それを聞いた瞬間、要は密かに納得する。なるほど、妙な巡り合わせもあるものだ。

「いいですか。彼の名前は小暮直樹《こぐれなおき》。確かに彼もまた旅行中に命を落としています。大学の音楽サークルに所属していた彼は、他の誰とも被らなかったからという理由でピアノを担当していました。呉塚さんが出してきたのは、その時の写真ですよね？」

木村からすれば決定的な証拠を突き付けているつもりなのだろう。それなのに、動揺していいはずの要は平然と木村のことを見つめ返してやった。これが裁判ならかなりの佳境なのに、まるで茶番でも眺めるような顔つきで！　木村がいよいよその違和感に耐え切れなくなったところで、要がようやく口を開く。

「ええ、そうですね。彼は殿村社長の息子さんではありません。何せ、息子さんの写真は見つかりませんでしたから。一番目立たず、一番小さく報道された、一番当たり障りの無い人を選んだんですが。木村弁護士は随分勤勉でいらっしゃる」

「なら、認めるんですか」

「認めるも何も。否認した覚えはありませんよ」

要は歌うように言う。木村の方は、まるで要という人間に初めて出会ったかのような顔をしていた。二人はそれなりの時間を共に過ごしたはずなのに。

取《と》り繕《つくろ》うこともしない要を見て、彼はようやく自分の立ち位置を自覚したようだった。要するに、要の中で木村はそろそろ用済みなのだ。いや、もうとっくに用済みだな、と要は心の中で思う。

「……よくもまあ人の息子をでっちあげるなんて真似《まね》が出来ましたね」

「グランドピアノの鍵を見て激昂《げきこう》したってところで、概ね曾根さんの地雷がそこにあったんだろうなとは察せられましたからね。とりあえずは殿村社長の汚名だけ雪《すす》ごうと思ったんですよ。目には目を、子供には子供を。息子ネタで同情を引けば感じ入って鎮火すると踏みました。そうしたら罪悪感にむせんでいたでしょう？　粛々《しゅくしゅく》と自首して頂けて良かった」

「酷い嘘を」

「そうですね。俺は酷い嘘吐きなんですよ」

その時、要は少しだけ感情的な声を出した。

「……まあ、木村弁護士の反発もよく理解出来ます。今回はそのくらいやらないと自白は見込めないかもしれないなと思いまして。あの流れで否認する人間なんていますか？」

「そういう問題じゃないでしょう……！」

「ともあれ上手くいって重畳《ちょうじょう》でした」

「こんなものに騙されるなんて……」

「『理解してやれなかった』『海外で旅行中に死亡した』『妻に引き取られた』息子のことを殿村社長は滅多《めった》に語らなかった。そんな断片的な情報じゃ勘違いするのも無理は無いですよ」

そう言いながら、要は事務所にやってきた女性のことを思い出していた。彼女が持ってきた継ぎ目のある夫の手紙。解釈の余地があるそれを見て、各々が勝手にストーリーを作っただけだ。

「……まだ分からないことがあります。グランドピアノの鍵は押収されていましたし、あの場で初めて出されました。呉塚さんはいつ殿村社長のピアノの中に写真を仕込んでいたんですか？」

それに対して、要はあっけらかんと言った。

「あのピアノは殿村社長が用意したものじゃありませんよ。全く別物です。殿村社長のグランドピアノはしっかり楽器店が保管していまして。本物を盗み出すのも借り受けるのも厳しかったんです。だから、代わりをね？　俺の予想していた動機が当たっているなら、多少値段が前後してもバレないとは思っていましたが」

「そんな……そんなはず無いでしょう。だって、鍵が――」

「ああ、それは問題になりませんよ」

要は近くにあったガムシロップを二つ取って、指と指の間で器用に回し始めた。

「ピアノの鍵はどれも豪奢《ごうしゃ》で良いですね。豪奢なものって無個性なんですよ。こうして手の中で鍵を入れ替えたんです。人差し指と親指で摑んだ鍵と中指と薬指で摑んでた鍵を、一瞬で入れ替えて穴に差し込む。あの時、子規は鍵を差し込んでから曾根さんのことを呼んだでしょう？　それはつまりこれが理由ですよ」

けれど、至近距離であっても冴昼のトリックに気がつくのは難しかっただろう。何せ彼には生放送で鍛《きた》えた腕がある。単純なテクニックだけなら要より上手いくらいだ。

これで、概ねあの日やった茶番劇の全容が明らかにされた形になる。

木村と冴昼の二人と別れた要は、すぐさま物語を組み立て始めた。突貫工事には慣れていた。一夜で準備出来なければサーカスにすらなれない。事故死した大学生の写真は、インターネットに悲劇的な文言と共に掲載されていた。すぐさまそれをプリントアウトして、これを仕込むべき箱を探す。なるべく高級なグランドピアノが必要だった。この出し物に見合うだけの豪奢で美しい容《い》れ物《もの》が。

「グランドピアノを貸してくれるような個人所有の建物って少なくて。一日借り切るのに相当苦労しました。値も張りましたしね」

「……呉塚さんはこの世界の人じゃないんですよね？　それだけのお金をどうやって工面したんですか？」

「『胡椒《こしょう》を持ち歩く人間を信用するな』って格言知ってますか？」

戸惑う木村を無視して、要はそう言って笑った。

「川向こうの村を騙す為に、ある詐欺師は沢山の道具を携えていきました。ある詐欺師は沢山の仲間を携えていきました。そしてある詐欺師は三袋の胡椒を携えていきました。川を渡る際に道具は流され、仲間は裏切りました。しかし胡椒は上着の中に。河を渡った詐欺師はその胡椒で道具を買い揃え、現地で人を雇い、まんまと詐欺を成功させました」

一度も噛むこと無く、恐ろしく朗々とした声で要が語る。その目にはもう目の前の木村が映っていないように見えた。だからと言って、要が何を見ているのか木村には分からない。

「この逸話から分かることは、詐欺の基本は柔軟な地力であるということです」

そう言って、要は手元に軽く息を吹き掛けた。その瞬間、手元に小さなケースが現れる。煙草ケースのように見えるそれを開くと、中から鈍い光を放つ金色の塊が覗いた。

数枚の五グラム金板だった。

「俺は常に金板を持ち歩いてるんですよ。グラム相場が変わらなくて幸いでした。流石に異世界に飛ばされることなんて想定してませんでしたが、役に立ちましたね」

呆気に取られる木村の前で、パチンとケースを閉じる。備えあれば憂《うれ》い無しということで、現代の胡椒が要を守ってくれたのだ。ここは川向こうなんて生温《なまぬる》い距離ではないけれど、と心の中で思う。

「こんなことはいずれ曾根さんにもバレますよ。曾根さんだって自分が騙されていたことに気づくはずです」

その時、要は初めて素の笑顔を覗かせた。

「それと子規に何か関係がありますか」

屈託なく言われた言葉に、木村が絶句する。

要自身も露悪的な口調になっていることには気がついていた。もっと相手を刺激しないように話をすることも出来たけれど、これは要なりの罰だった。だって、分かり切った作為をわざわざ暴き立てに来たその姿勢が少しばかり気に食わない。茶番を茶番だと指摘するなんて品が無い。

曾根正弘はそのうち真実を知るかもしれない。それを知って烈火の如く怒り絶望するかもしれない。けれど、どちらにせよもう関係の無いことだった。終わった物語に足を摑まれる謂れも無い。

あとは子規冴昼を元の世界に連れ戻すだけだ。結願《けちがん》を前に高揚《こうよう》しているのか、要はいつもよりもなお饒舌《じょうぜつ》だった。どう元の世界に帰ればいいのかはまだ分からないが、冴昼さえ取り戻せればどうにでもなる。冴昼さえ取り戻せればどうにでもしてみせる。

木村はそんな要のことを、ただじっと見つめていた。その目には多少なりとも覚えがある。今の木村の顔は、手品の種明かしをされた時の観客の顔だ。裏側を知ったところで中身は少しも変わらないのに、と心の中で思う。少なくともあの場はあれで収まったのだし、皆さん少しは感動してみせていたようだし、何より子規冴昼が解放されたのだ！　これ以上のことがあるだろうか？

「……納得がいかないようですね、木村弁護士」

「納得じゃありません」

「受け入れがたいんですね。分かりますよ」

その言葉を受けて、木村の表情が一層曇る。そして、吐き捨てるように言った。

「……私が表立ってあなたを批難しなかったのは、子規さんの為です。子規さんが助かるなら、この卑劣な行為も見逃そうと思ったんです。私がいくら赦せなくても、子規さんの為なら……」

「一つお聞きしたいんですが、何故そこまで子規に入れ込んでいるんですか？　もう身元引受人でもないのに」

「……それは……」

本当は、木村だって気がついているはずだった。

あの場の主役は子規冴昼だ。

彼は嫌々動かされていたわけじゃない。自分のパフォーマンスの意味だってちゃんと理解していただろう。要を批難するのなら、その刃先は冴昼にだって向けられなくちゃおかしい。何しろ彼らは共犯者なのだから。

けれど、感情が目を曇らせる。子規冴昼を特等席に置いていることにすら目を背けて、木村は言う。

「……子規さんは、あの人は、信頼出来る人だと思ったからです。それじゃあ理由になりませんか」

「それでいいんです。それでこそ」

要はこの上無く満足げに笑う。それでこそ。

何せ、要が評価しているのはその理由にならない不合理な部分なのだから。


待ち合わせの場所に行くのに一抹の不安があった。冴昼がまたあの雪の日のようにふわっと消えてしまうんじゃないかと思ったからだ。

幸いながら、今日の彼の揮発性《きはっせい》は低い。遠目から見ても一目で分かった。果たして彼が目立つからなのか、それとも執着の所以《ゆえん》か。ベンチに座った子規冴昼を見ながら、要は密かに溜息《ためいき》を吐いた。

冴昼は当たり前のような顔をして、羊形のチョコレートを食べている。素手で掴んでいる所為で、白い指先がえげつないほど汚れていた。呆気に取られる要の横を、蝶の形をしたチョコレートを従えた子供が走っていった。そうだ、そのチョコレートは本来、そうやって食べるものなのだ。

何も言わずに隣に腰掛ける。すると冴昼は笑いながら言った。

「見て見て。可愛《かわい》いでしょ。買っちゃった」

「お前、まだそれに未練あったのか」

「テイクアウトでって言ったら、そのまま直にチョコレート渡されちゃったんだよ。そりゃもう素手で掴んじゃうよね。周りの人めちゃくちゃこっち見てた」

「その大きさのチョコレートを素手で掴んでる人間は異様だな」

「変だよね、我ながらそう思うよ」

それでも冴昼は、何の躊躇いも無く手を汚していく。

「木村さん何か言ってた？」

事前に木村に会うことは話しておいた。ややあって、要は答える。

「大したことは言っていなかった」

「そうか」

「写真の男の名前は小暮というらしいぞ」

「ああ、本当に大したこと無いね」

冴昼はつまらなそうに呟いた。

こんな冴昼の姿を見たら、木村はどう思うだろうか。それでもなお、冴昼を信用出来る善人だと思い込んでしまうだろうか？

「お前が少しも衰えていなくて安心した」

「まあ、そちらではどうか分からないけど、俺からしたらつい先日のことだから。お眼鏡《めがね》に適《かな》って良かったよ。鈍っていたら見限られてたかもしれない」

「そうならどれだけ良かっただろうな」

要は淡々とそう言った。この言葉は自分に対してのものじゃない。冴昼に対するものだ。三年の失踪でも見限ってやれなかったことが申し訳ない。だからといって止まれるはずが無かった。

「俺が最善を尽くさなかったとでも思うのか。お前の死亡説を何度聞いたと思う？　稀代の霊能力者の依《よ》り代《しろ》ならいくらでも探した。けど、俺の求めた子規冴昼は一人しかいない」

「そうまでして、一体何処に行くつもり？」

「俺はまだ神に勝ってない」

らしくない、感情的な声が出た。

「俺はあの日天命に会った。俺はあの時観測したものに勝ちたい」

得体の知れない熱に浮かされながら、要はそう続けた。本当はこの一点に尽きるのかもしれない。ここで冴昼を失ってしまえば、要はもうその天命に巡り合う術が無い。

「要は存在しないものを追っているだけだよ」

「観測したものは存在するんじゃなかったか。それに、お前も忘れられないだろ」

「そうだね。きっと一生忘れない」

冴昼はなおも羊の頭を齧《かじ》りながら、何処か遠くを眺めているようだった。

「お前はどうやってここに来たんだ？」

「それがよく分からないんだ。ぽんと放り投げられたみたいに、気づけばここにいた」

話したいことは沢山あった。聞きたいことも沢山ある。けれど、やるべきことはただ一つだった。育てた妄執の全てが目の前に在る。二人でやった茶番劇の三年、そこから過ぎた三年。不条理な世界でチョコレートを食べながら語ると、全部が幻になって消えてしまいそうで恐ろしい。今度こそ、目の前の相手を逃すことは出来ないのに。

一体この世界は何なんだろうか？　子規冴昼のいるべき場所は自分の隣でありスポットライトの下でしかあり得ないのに、どうして子規冴昼はここにやってきたのだろうか？　要が来るまで、この世界で超能力者でないのは彼一人だった。まるで冤罪を掛けられる為に子規冴昼がこの世界にやってきたのなら、それを晴らす為だけに呉塚要も連れてこられて然《しか》るべき？

そう思うとぞっとした。空中に投げ出されたかのような不安を覚える。何か大きな理不尽に巻き込まれているし、それに対抗する術を持たないということの恐ろしさ。

そこに、自分たちの意志なんて欠片《かけら》も介在しないのだ。

「帰ろう。……ここは俺たちのいる場所じゃない」

急《せ》き立《た》てられるかのように、そう呟いた。ここにはいられない、と切実に思う。

「チョコレートすらまともに食べられないのは困るよね」

べたべたの手をハンカチで拭《ふ》きながら、冴昼が歌うようにそう言った。拭《ぬぐ》われたチョコレートがハンカチを汚していく。

無罪を証明した綺麗な手が汚れているのも、舞台上であれだけ饒舌だった冴昼が歯切れの悪い回答をするのも、要に言いようのない不安を募らせた。

「長い散歩になっちゃったね」

「まだ三年だ」

その三年がどれだけ重いかは重々承知しながら、敢《あ》えてそんなことを言った。

「お前への弔辞は読まないと決めていた。いつかの葬式でだって一人お前の復活を信じてやるつもりだった。だから、もう三年はいい。俺はお前を助け出したんだ、絶対に帰るぞ。そうだ、俺はようやくここまで来たんだ！」

一度口にしてしまえば、堰を切ったように溢れ出した。得体の知れない不安が足を摑んでくるようで、どうにも必死さが拭えない。こんなのは全部間違っている。セルフプロデュースとしても落第だ。もっと論理的に、もっとビジネスライクに、これからを語らなくちゃいけないのに！

果たして、冴昼は静かに言った。

「悪いね、要」

「どうして謝るんだ」

「君の人生を台無しにしてしまって」

その瞬間、冴昼の背後からぶわっと雪が吹きつけてきた。高く舞い上がるそれに目を奪われて、一瞬訳が分からなくなる。

「すいませーん！　行きすぎました！」

背後で学生グループがはしゃぐ声がする。さっきまであたりに漂っていた雪が、するすると後ろへ戻っていく。宙に浮くそれを一粒だけ摘まんでみた。よく見ると、それは雪じゃなくて単なる紙吹雪だった。キャリアによって重力から逃れる、この世界にしか無い紙吹雪だ。

「ずっと考えていたことがあるんだ」

　そして、冴昼は淡々と続ける。

「超能力もあった、異世界もあった。これって何かの罰なんじゃないかな。俺なんかはここに来て一番最初にそれを考えちゃったよ。いや本当皮肉なもんだね。俺はあの世界で唯一の〝本物の霊能力者〟だったのに」

　確かに意趣返しのようではある。突き詰めれば、二人がやっていたことなんて単なる詐欺行為だ。その詐欺師が、本物の超能力のある世界に飛ばされる。でも、これが罰だとしたら芸が無いし、それならどうして要だけがまんまと取り残されたのだろう？

　それ自体も含めて罰なんじゃない？　と、天がそう仰るのならば返す言葉も無い。この三年間を神が笑っていたのかと思うと気が触れそうになった。

「お金とか有名になることとかそんなことはどうでも良かったんだけどさ、要があまりに上手くやるものだから、一緒に『子規冴昼』を演《や》るのは楽しかったな。だから、要が三年を数えても、まだ俺のことを諦めていないことに安心はしたよ」

　まるで全てが過去のものであるかのようなその口振りが気に食わない。

それなのに耳を傾けてしまうのは、彼の話し方の所為だ。全く逸らされることの無い瞳に射抜かれると、その微笑みを無条件に信じてしまいたくなる。木村のことを笑えなかった。

「ずっと考えてたんだ。確かに俺たちは色々良いこともしたけれど、結局嘘でしかないでしょ？　対決してきた偽霊能力者たちと、子規冴昼の違いは何処にあるんだろう？」

「ふざけるな。俺たちは何より本物だった。フェルメールの名画の話でもするつもりか？俺は人工ダイヤの美しさを否定するつもりは無い」

「俺だってそう思ってたよ。でも、そうして流れ着いたのがこの世界だ。なら、やっぱり俺がやっていたことは、間違いなんじゃないのかな」

反論はいくらでも思いついた。間違っているのだとすれば、一体何が正しかったというのか。あのやり方を否定するのなら、さっきの解決も否定するのか。それでも、今言いたいことは別にあった。

「さっきから帰れるかどうかを気にしてるらしいが、俺はそんなものに興味なんか無い」

「となると、要は何を求めてる？」

ややあって、要は言った。

「帰れるかどうかなんてどうでもいい。俺はお前を見つけたんだ。もう絶対に逃がさない決意がある。だから、俺が欲しいのは言葉だ」

「言葉？」

「失踪は自分の意思じゃない。俺の前からもう消えたりしない」

この訳の分からない異世界転移の具合を見れば、失踪は本当に冴昼の本意ではないのかもしれない。こんな言葉は意図せず裏切られる可能性がある。けれど、他愛《たわい》の無い口約束で構わなかった。この三年間、要はずっと冴昼が要のことを見限ったのだと思っていた。本当のところ、呉塚要を一番苛《さいな》んでいたのはその思いだった。

だからこそ、この言葉が必要だった。この一言さえくれれば、要は地獄の底まで子規冴昼を追っていけるだろう。

けれど、冴昼はそれには応えずに、一歩ずつ要から遠ざかっていく。

「ごめん。そろそろ無理みたいだ」

「無理って何が？」

「何となく分かるんだよね。自分でも。眠りに落ちる寸前みたいに、そこには境目がある」

手を伸ばしてもギリギリ届かない。この位置取りの悪さに気づくのが遅れてしまった。さっきから何故か視界が揺れている。冴昼がいつぞやの悪夢のように歪んだ。摑もうとした冴昼の手が開き、さっきの紙吹雪が出てくる。その時に、やられた、と思った。

「それじゃあまた、何処かで俺を観測してくれ」

最後に聞いたのはその言葉だった。

5

要が天命に巡り合った日、その日は記録的な大雨が降っていた。

「要、この間みたいなのやってよ」

その頃はまだ単なる先輩だった子規冴昼が、雨音をBGMにそう言った。

窓を大粒の雨が叩き、帰るのも億劫《おっくう》な有様だった。足止めを食らった冴昼は退屈だったのだろう。以前、不用意にマジックを披露してしまった所為で、冴昼は折に触れて、要にそれをねだってくるようになってしまった。

「……そんなことよりES書いたらどうですか。就職出来なくなりますよ」

「そんなこと言わないでよ」

この頃の呉塚要は、まだこの世に『絶対』が存在すると信じていたし、自分が胴元の席を降りることはないだろうと思っていた。平たく言えば、世界の全てが自分の手の内にあると思っていた。全ては自分の計画の内にあるし、想定外は絶対に起こりえない。

思い上がりでも何でもなかった。奇跡は周到な準備で再現出来るし、要は決して手を抜かない。これからの人生も、きっと上手くやるだろう。他人事のように自分の人生を査定して、これから先を見据えていた。当然ながら卒業後、目の前の男と組むだなんて夢にも思っていなかった。この日までは。

要は溜息を吐いてから、未開封のトランプデックを何個か取り出すと、冴昼の前に置いた。

「好きなの選んで開けてください」

「新品開けていいの？」

「細工されてないって証明なので」

冴昼は散々悩んだ末、右端の一つを取り出してビニールを破った。

「そうしたら中からカードを取り出してシャッフルしてください。そして、一番上のカードを一枚取ってください」

「分かった」

言われるがまま、冴昼がカードを切っていく。

要がやろうとしているのは、オーソドックスなトランプ当てだった。観客が選んだカードを見ずに当てて、同じ柄と数字のカードを手元のカードケースから出すというマジックだ。シンプルで面白く、かつ驚きも大きい。マジック初心者の冴昼も楽しめる類のものだった。

冴昼はトランプが溶けるんじゃないかと思うくらい丹念にシャッフルを続けていたが、実のところどれだけシャッフルされたところで関係は無い。

マジックは周到な準備によく応えてくれる。要はそこを気に入っている。冴昼がどんなカードを引いたとしても、要は同じカードをケースから出してみせるだろう。

「一番上引いたよ」

冴昼が意気揚々とそう宣言する。通常の手順に則《のっと》って、そのカードが何か要は尋ねた。

そして、冴昼は運命の一言を口にした。

「スペードの十七」

一瞬、息を呑む。

確かに要はどんなカードでも取り出してみせるつもりだった。

けれど、これは例外だ。いくら何でも存在しないカードを取り出すことは出来ない。何かの間違いだろうと思いながら、要は憮然《ぶぜん》とした表情で返す。

「……は？　そんなカード無いでしょう」

「あるよ、ほら」

そう言いながら、冴昼はひらりとカードを裏返してみせた。


果たして、それはスペードの十七だった。


勿論、トランプにそんな柄は無い。見たのだってその日が最初で最後だった。

冴昼の手にあったカードの右半分にはスペードの八が、そして左半分にはスペードの九が印刷されていた。スペードの十七、ミスプリントされた一枚だ。

「凄いね。こんなことあるんだ。初めて見たよ」

冴昼が暢気にそう言ってのける。冴昼はもうマジックの行方すら気にならないようで、しげしげとそのカードを眺めていた。

その傍で、要は密かに絶句していた。

どれだけ周到に準備をしても、失敗する確率はゼロじゃない。

絶対なんてものは無いのだと理屈では分かっている。けれど、人間というものは——特に、呉塚要というものは、しばしば自分だけがその絶対を叶えられると思い込む。

けれど、違った。絶対なんてものはこの世には無い。

絶対に失敗しないマジックのはずだった。

けれど、失敗した。偶然選んだ未開封のデックの中に、偶然ミスプリントのカードが入っていて、シャッフルした時に偶然そのカードが束の一番上に来て、子規冴昼がそれを引いたからだ。その確率は一体どんなものだろう？　こんなエラーカードすら、要は初めて見たというのに。

天文学的な確率で起こったその奇跡の前に、要が覚えたのは言いようも無い敗北感だった。神や天命やそんなものが、子規冴昼の手を借りて要を負かしたかのようだった。

「……子規先輩、持ってますね」

差し当たって、要は凡庸なコメントを返した。

「確かにラッキーかもね。良いこともあるかな」

「そうですね」

落ち着いた様子でそう返しながらも、内心は狂乱の一途《いっと》だった。

訪れたのは確信だった。要がどれだけ周到に奇跡を演出したところで、子規冴昼には敵わないだろう。何しろ彼は選ばれている。その正体はまだ分からないが、要には触れられようも無いものに。

だからこそ、要はその天命に勝ちたかった。天命が子規冴昼の手を借りてやってきたのなら、自分も子規冴昼と共にそれに挑んでやろう。

世の中に絶対は無く、悪ふざけのような偶然が起こり得る。

要に初めてそれを知らしめたのは、子規冴昼だった。あの美しい容貌《ようぼう》の、見るからにカリスマ性のある、よく出来たフィクションのような男だった。

以来、要はずっとそれに囚われている。

初めて折った骨の痛みを生涯忘れないように、鮮烈な痛みと共にある。

紙吹雪と一緒に束《つか》の間《ま》意識が飛んだ。

そして、気づけば裏路地だった。それも、覚えのある裏路地だ。え、という間の抜けた声を上げた時には、洋食屋も広場も、さっきまであったものの全てが消えていた。

周りを見れば馴染んだ高さの建物に、しょぼくれた街灯が並んでいる。電話ボックスもちゃんとあった。それも、高くもなければ低くもない、緑色の電話ボックスが。

大通りに出れば、三段しか無い自動販売機が設置されていた。一番上の段に配置されている缶コーヒーだって、難無く手が届いてしまう。そのことに驚きすぎて、飲みたくもないコーヒーを買ってしまった。何の苦労も無かった。

――戻ってきたのだ。クラヴィオルガヌムが廃《すた》れ、グランドピアノが鍵盤楽器の王座に座っている世界に。誰もキャリアを使えることの無い世界に。

そこでようやく、一番重要なことに気がついた。

あたりをどれだけ探してみても、子規冴昼の姿は無かった。真っ昼間から彼の名前を呼ぶ要を、通行人が遠巻きに見る。

果たして、異世界に迷い込んだ呉塚要はどうなるのか。次の世界に移動するのか、はたまた元の世界に戻るのか。あるいは何処にも行かないのか。実験の結果はシンプルだった。必要とされる場面が終わったら、さっさと元の世界に戻された。

それなのに、子規冴昼は戻ってこない。

夢でも見ていたような気分で、ふらふらと事務所に向かう。事務所は別の建物に変わっているということも無く、ちゃんとそこに建っていた。本当に帰ってきたのだ。

そこでようやくスマートフォンを確認する。あれから三日が経っていた。異世界で過ごした時間と大体同じくらいの時間だ。子規冴昼の消えた三年に思いを馳《は》せる。これは、自分だけが帰ってこられたことと何か関係があるんだろうか？

不在の三日の間に、ポストには随分郵便物が溜まっていた。その中に、一際目立つ黄色い封筒が混じっている。

——事務所の契約更新に関する案内書だった。更なる二年。悪夢のような街から帰ってきての、最初の現実。

ふらつきながらも要は、デスクの引き出しを開けて、中にあるものを確認する。

そこには、整然と並んだ書類や筆記用具に紛《まぎ》れて、ガラスケースに収められたスペードの十七があった。あの日からずっと手元に置いているものだ。

これを見る度に、要はあの日の天命を思い出す。

今ではもう自分を取り巻く世界の全てが手の内に無い。それでも要は確信していた。自分は賃貸契約を更新し、事務所を二年延命するだろう。

その先どうする？　これからどうなる？　果たしてこれに意味はある？

脳内の声を全て無視して、要は管理会社に契約更新の連絡をする。更新通知書の封筒は丸めてゴミ箱に投げた。丸まった封筒はゴミ箱に届くことも無く、その随分手前で落ちる。

第二話　死者の蘇る街

Wanderers and Seekers

『そういえばフーディーニもこれにご執心だったんだよな』と舞台袖《そで》の要は思う。インチキ霊能者を吊るすことに躍起になっていた彼の目的は、本物の霊能者を探し出して亡き母親と会話をすることだった。本物の火に憧《あこが》れるからこそ、白熱灯が赦《ゆる》せない。

もしフーディーニが現代に生きていたなら、子規冴昼が望みを叶えてやっただろうに、と要は心の中で呟いた。そしてフーディーニが母親から欲しい言葉をくれてやったはずだ。

生きた人間が霊能力者に頼むことと言えば、当然と言うかなんというか、霊との交信だった。死んだ人間と話したいという生者の欲望には終わりが無く、あるはずが無いと冷笑するオーディエンスだって心の何処かで期待している。自分や近しい人々の行く末が虚無の暗闇《くらやみ》だと思うくらいなら、少しくらいの胡散臭さに与《くみ》してやった方がいい。

舞台の上の冴昼は、しばらく押し黙っていた。そして、会場の興奮が最高潮に達したところで、ようやく口を開く。

「……大丈夫です。娘さんはお父さんを恨んでなんかいませんよ。むしろ、柳本《やなぎもと》さんのことをずっと気にかけていました。お父さんの仕事のことを誇りに思っています。あなたが手掛けていた個人年金集団訴訟の件も——」

その単語が出た瞬間、柳本の目の色が変わった。

「待ってください、それは娘が……娘の霊がその話を？」

「ええ、その通りです」

「それは、結局裁判にすら至らなかった……。表にも出ないような仕事だった。なのに、娘はその話を？」

「ええ。柳本さんは主任弁護人を務めたこの集団訴訟の準備中に、交通事故で娘さんを亡くされたんですね。仕事に必死になるあまり、あなたは半年もまともに家に帰らず、娘さんとの関わりを持たなかった。そして今でもそのことを悔いていらっしゃる。家庭を蔑《ないがし》ろにしていた自分を責め、その上集団訴訟すら失敗し、アルコールに逃げる悪循環。ああ、柳本さん。昨夜もお酒を飲まれましたね？　娘さんが心配していますよ」

娘の霊と会話している冴昼を見て、柳本の顔がどんどん強張っていくのが分かる。

絶対に知り得ないだろう情報を、霊媒によって当て通す。これは最もスタンダードな降霊ショーの流れだ。だからこそ、耐性の無い相手には一番よく効く。

今回のゲストの柳本は、最初こそ子規冴昼のことを痛烈に批判していた男だった。怪しい言葉で人を惑わし、金を巻き上げる詐欺師だと。

けれど、そうして強い拒絶反応を示す人間こそ、本当は霊の存在を信じたくてたまらないパターンが多い。柳本が出会い頭に冴昼を批難した時点で、要は殆ど勝利を確信していた。こういう人間が落ちるのは早い。

「……娘が、私を心配しているのですか……」

柳本は殆ど泣きそうな顔をしていた。知り得ない情報を知っているのは、死んだ娘が教えてくれたから。その論理をすんなり受け入れるようになっている。

柳本が隠れアルコール依存症であることは見ただけで分かっていた。太っているわけでもないのに、指だけが異常にむくんでいる。白目の端が微かに赤く、人差し指の横に一直線の真新しい傷が見えた。

まだ赤いそれを見て、発泡酒か何かのプルタブによる傷なんじゃないかと疑った。そうでなくても、こういう問題を抱《かか》えた人間は、大舞台の前に飲まずにはいられない。

それはさておくとして、もう柳本は陥落したも同然だった。カメラの向こうのオーディエンスに微笑んでから、冴昼は最後の仕上げに掛かる。

「娘さんの望みは柳本さんが立ち直ってアルコールを断ってくださること、自分の人生を生きて頂くことです。そうしないと、娘さんも天国で安心出来ません」

「けれど、夏海《なつみ》は……」

「夏海さんはお父さんの幸せだけを祈っています」

収録終了の声が上がり、出演者が散り散りになっていく。柳本も涙を浮かべ、呆然《ぼうぜん》とした顔のまま袖に引いていく。冴昼は優雅に柳本へと近づくと、彼の肩を軽く叩いた。そのまま、耳元で囁く。柳本に対する最後の贈り物だ。

「集団訴訟の件を原告側にリークしたのは政木《まさき》充三《じゅうぞう》さんです」

「……え？」

「これが夏海さんが伝えられる最大限の情報です。彼女はあなたの助けになりたいと、霊体になっても懸命に動いていたようですね。洗ったら何かが出てくるかもしれません。カメラの前では言えなかったので、ここだけで。それでは」

　これで大丈夫だ、と一連の流れを見ていた要は思う。柳本の目にはさっきとはまるで違う炎が滾《たぎ》り始めている。何しろ運命の集団訴訟を失敗させた張本人。その名前を聞いたのだから。

　彼は娘の霊に後押しされたのだと思い込み、アルコールを止めて仕事をこなすだろう。上出来だ。


　歩くタイミングを合わせて、要は冴昼と殆ど同時に楽屋に入った。そして、開口一番「十全だった」と言った。

「ところで、集団訴訟の件って……」

「ああ、個人年金詐欺ってことで子規冴昼に霊視の依頼が来てた奴だ。一年前になるな。複数人から相談を受ければこっちも把握出来ただろ。けど、あれは柳本さんに解決してもらった方がいい。それに、お前は探偵でも警察でもない。霊能力者なんだから」

「霊能力者と探偵ってどう違うの？」

「霊能力者は心を救える」

要は少しも躊躇うこと無くそう言った。

柳本に裏切り者を伝えるのは簡単だ。集団訴訟にもう一度気を向けさせようと発破をかけることも出来るかもしれない。けれど、それだけじゃ救われない。あくまでその情報は娘の霊から伝えられなくては。探偵じゃ罪悪感を拭えない、事故で娘を亡くした怒りを救えない。

子規冴昼は全てを救うフィクションでなければ。

探偵では触れられない領域に、冴昼なら手が届く。

「それにしても、交通事故で亡くなった系だとちょっとキツいね。子供絡みで騙すのはどうも気が引ける」

「騙す?」

冴昼の言葉を聞いた要が、大仰に顔を顰《しか》める。そして大袈裟《おおげさ》に手を振ってみせた。

「じゃあ聞くが、今日の公開霊視を拒否したらどうなってたと思う? あの人、口ではインチキを暴く為に来たって言ってたけど、実際は何が何でも娘の霊と話したくて、切実にお前を頼ってきてただろ? お前が断ってたら、別の霊能力者のところに行くだけだ。そっちはお前みたいに無欲じゃない。散々搾り取られるだろうな」

「それは確かに不本意だけどね」

「こんな話がある。新しいものが開発された時、最初に導入するのは詐欺師で、次に導入するのは聖職者だって話だ」

尤も、要の中ではその二つは同じカテゴリーに入っているのだけれど。

「それがどうかした?」

「個人用の幻燈機《げんとう》が発明された頃、最初にそれを買い漁《あさ》ったのは詐欺師どもだ。奴らは幻燈機を携えて村を回り、家の壁に悪魔の姿を投影しては悪魔祓《ばら》いの金をせびった。酷い話だよな?」

「確かに酷い。怖かっただろうね」

「それを見た教会の人間も似たような真似をした。無知な村人を同じように幻燈機で騙し、サタンの姿を見せることで神への服従を誓わせた。その流れを断ち切る為に生まれたのが対抗霊媒師だ。彼らは金をせびることも改宗を迫ることも無く、ただ同じ奇跡を再現することで彼らのインチキを暴いた」

「なるほど」

ここまで聞いただけで、冴昼は話の意図を汲《く》み取《と》ったようだった。素晴らしい。けれど、ここまで来たのだから最後まで話したい。

「お前は対抗霊媒師なんだ。騙されゆく誰かのキャッチャーになってるんだよ。誰かがみすみす崖から落ちていくのを見たくないだろ?」

「ここにライ麦畑は無いけどね」

「だから、子規冴昼は必要なんだ。子供を亡くした親を救う本物の霊能力者が。カウンセラーにすら届かない領域に触れられる人間が」

要が熱っぽくそう言うと、冴昼は分かった分かったとでも言いたげに頷いた。

対抗霊媒師を突き動かしていたのは強烈な自尊心であったことは知っている。自分が無知な人間たちの目を開かせてやるのだという独《ひと》りよがりなノブレス・オブリージュ。

自分が子規冴昼を創るにあたって、そのタイプの欲求が無かったとは言わない。それでも、要は子規冴昼こそが世界をより良く変えられるのだと思っていた。本気で。

ところで、要が魔の三年間で霊媒師のところに行けなかったのは、今までの蓄積が故だ。自分で誂えてきた幻想に頼れるはずがない。子規冴昼の霊を騙《かた》る偽霊媒師を見たら、きっと平静でいられなかった。

1

超能力者たちの世界から帰って三日が経った。

事務所の更新は既に済ませた。「まだやるの?」の幻聴に中指を立てて、子規冴昼総合相談事務所の寿命を二年だけ延ばす。少なくとも子規冴昼は生きていた。それだけで毎月十数万を支払う価値がある。

生きている。……その言葉が本当に適切かどうか。ただ、冴昼と再会したあの場所は、超能力を使える人間がいることを除けば、今いる世界と何ら変わらない場所だった。怨恨《えんこん》も親切も法も冤罪もある場所は、天国でも地獄でもないだろう。

どうしてあそこでちゃんと冴昼のことを掴んでおかなかったのか、とそんなことばかりを考えてしまう。どれだけあたりを探しても冴昼の姿は無く、要は結局また事務所に一人取り残されることになった。「あれが唯一の機会だったら」と考えると動悸《どうき》がして、自分の迂闊《うかつ》さを何度も呪《のろ》った。夢じゃないだけ性質《たち》が悪い。

けれどそれで諦める彼でもない。

元の世界に戻り更新を済ませた要は、すぐさま例の電話ボックスを探した。あの日迷い込んだ位置を特定し、あたりを丁寧に巡回する。当然というか何というか、あの電話ボックスは無かった。

されどそれで動じる彼でもない。

要は電話ボックスの予想出現地点にチョークで印を付け、近くにこっそりと監視カメラを設置した。映像を逐一《ちくいち》事務所のモニターで監視しつつ、三時間おきに実際に見にも行った。不条理な不思議現象に地道な対策で対抗する姿勢である。

仮眠を取る時以外は常にモニターの前にいた。たとえモニターが何も無い路地を映し続けるだけであっても、要はそれをモナ・リザを鑑賞する時のような熱心さで見続けた。傍から見れば狂気の沙汰《さた》だが、ただ待っているよりはマシだった。

そしてそれを三日ほど続けたある日、要は自分と同じことをしている人間に出会ったのだった。

最初に感じたことは「俺の電話ボックスに手を出すな」だった。監視を続けて三日目、とうとうその日、待ち望んでいた電話ボックスが出現したのだ。赤い艶《つや》塗りに優美な佇《たたず》まい。要の予想出現地点を外れずに建ったその箱を見て、思わず飛び上がりそうだった。

そうしなかったのは、電話ボックスの前に先客がいたからだった。

年の頃は二十代に入ったばかりだろうか。恐らくは大学生くらいだろう。地味な帽子を目深に被った、小柄《こがら》な女だ。

まさかそのボックスに入るんじゃないだろうな、と思っているうちに、帽子の女は意を決したように電話ボックスに入ってしまった。何かを言うより先に駆け出して、扉を開けた。

果たして、そこには誰もいなかった。忽然《こつぜん》と消えた彼女を思って息を呑む。そして、自分も期待に打ち震えながら足を踏み入れた。

中には黒塗りの綺麗な公衆電話が鎮座している。黒い数字ボタンの枠は金で縁取られていて、全体的に高級で荘厳な印象を受ける電話だ。前回入った時とは内装も電話本体も変わっている。

前回の電話ボックスの中には高い位置に棚が取り付けられていた。今ならあれが、キャリアを持つあそこの住人たちの為のものだったのが分かる。荷物をあそこに置ければ、空間が広く使えるのだから。あれはキャリアを持つ人間に誂えられたものなのだ。つまり、あの内装はそのままあの世界を表していたことになる。今回の電話は一体何を表しているのだろう？

一つ分かることは、これから行く世界は、前回とは違った世界になるということだ。浅く息を吐いて、冴昼の電話番号を押す。受話器からは雑音混じりの呼び出し音が聞こえた。

応答を待っている間に、もう一度公衆電話を確認した。そして気づく。電話の本体に、見慣れない黒いボタンが付いていた。下には小さく『SDC』の三文字がある。……何の略だろうか？　最後のCは恐らくCall の頭文字だろう。

SOSで包括出来ない何かしらの緊急事態に備えたものなのだろうか？　と要は思う。だとすれば、SはSudden の頭文字かもしれない。Sudden D Call？　そもそもこの推理すらも間違っているんだろうか？

要は吸い寄せられるように黒いボタンに指を伸ばした。押してみたらどうなるのだろう。誘うように光るそれを数ミリだけ押し込んだところで、不意に電話の呼び出し音が切れた。

『電話が切れる時、どんな人間でも微かに脳波が乱れる』という話を思い出した。永遠に続く電話などあり得ない。そもそも、さようならの挨拶をした時点で切れることを予感している。なのに、どれだけ構えていても電話が切られる瞬間、人間の脳は緊張する。繋がりが途切れる瞬間に慄《おのの》く。そんな話だ。

我に返ったように指を引いて、電話ボックスから出る。

そこは、またしても要の知っている通りとはまるで違う場所だった。

成功したんだ、と血が沸き立つ感覚を覚える。前回に倣《なら》えば、この世界の何処かには探し求めている子規冴昼がいるに違いない。

さて、目下の問題は『ここが一体どんな世界であるのか』だ。

自動販売機の背がやたら高いことは無い。そこにまず安心した。もう必死で手を伸ばさずとも良いし、加湿器が取れないことも無い。その一点だけで世界は要に優しい。

大通りに出ても目立った異変は見られなかった。街並みががらりと変わり、何処か古式ゆかしい建物が要を迎える。けれど、道路には馴染み深い車が走っているし、道行く人は鞄をちゃんと手に持っていた。強いて言うなら、この世界には何故か歩行者用の信号が無かった。極端に交通量が少ない場所というわけでもない。それなのに、道行く人は各々のタイミングで道路を渡っている。

しかし、それだって超能力者の世界の異様さには敵わない。

こういうパターンもあるのだろうか、と要は心の中で思う。元いた世界とあまり変わらないというパターンも？

そんなことを考えていた矢先だった。要の目は再度自分の前方に引きつけられた。迷子になった子供のように彷徨い歩く、その帽子に見覚えがあった。

「おい、ちょっと！」

帽子の女がびくりと身を震わせて振り返る。すると、意外にも気の強そうな目で睨み返された。帽子の奥の表情は紛《まが》うこと無き臨戦態勢である。ややあって、彼女が口を開いた。

「何ですか、何の用ですか」

「君、……あっちの世界にもいただろう。電話ボックスの前で見た」

その瞬間、帽子の彼女が「え、」と小さく声を上げた。

「俺も向こうの人間なんだ。こういう表現で正しいのかは分からないが、こっちの世界で人を探してる」

「そんな、本当に……？」

「嘘じゃない。それに、こんなピンポイントな嘘を言うのは難しいだろ？」

こういう時のコツはとにかく目を逸らさないことだ。相手が自分を見定めている時は示し合わせたように目を合わせる。そして耐えられず相手が目を逸らすコンマ数秒前に目を逸らす。ややあって、帽子の女が口を開いた。

「……私、美見川江奈《みみがわえな》って言います。……大学三年生で、ここには友達を探しに来ました」

「俺は呉塚要。ここにはビジネスパートナーを探しに来た」

「……本当にそうなんですね？　信じられない……」

美見川が呆けた顔でそう告げる。信じられないのは要も同じだった。これで俺の幻覚である可能性は無くなったな、と要は思う。もし幻覚であろうと、少なくとも集団幻覚の枠には入れてもらえるだろう。

「まさか……他にもヴァンデラがいるなんて……あ、あの！　お話、伺いたいことが沢山あって！　ああでも……先に見つけなくちゃですよね」

ヴァンデラ、という聞き慣れない単語も気になったが、ともあれまずは冴昼を探すのが先決だった。それにしても、今回は前回に比べて随分情報が少ない。

「あの、友達結構目立つ感じなんですけど、ちゃんと見つかるかどうか……」

「俺の探してるのも相当目立つんだけど」

近くにある公園の方からどよめきが聞こえた。誘われるようにそちらへ向かうと、そこにはある種懐《なつ》かしい人だかりが出来ていた。

輪の中心にいるのは、当然のように子規冴昼だった。人だかりと彼を結び付けるのはある種の贔屓《ひいき》目かもしれない。ともあれ、こうした形で冴昼と再会出来るのは、要にとって望外の喜びだった。世界に受け入れられた様子の冴昼を見ると安心する。今日は長く伸ばした髪を一まとめに括《くく》って横に垂らしている。降り注ぐ日差しをスポットライトにする彼を見ると、つくづく中心にいるのが似合う男だと嘆息した。見目麗しい人間は、そこにいるだけで歓心を得る。

そして何より、彼自身も期待を煽るのが上手い。街中に突然現れたサーカステントのようなものだ。何は無くとも中を覗いてみたくなる。

冴昼は公園に備え付けられたベンチに腰掛けながら、指の間でコインを転がしていた。右から左へ、左から右へ、子猫のようにするすると動くコインが、不意に跳ね上がる。それを空中でキャッチして、冴昼が両手の拳《こぶし》を差し出した。

「さあ、どっちに賭《か》ける？」

「右だ、右！」

冴昼の前に立つ男が、そう言いながら千円札を差し出した。それに合わせて、冴昼が右の拳を開く。空っぽの掌を見たオーディエンスが「ああーっ」と一斉にどよめいた。悔《くや》しそうに舌打ちをする男から千円札を取り上げて、冴昼は自分の横に置いた瓶《びん》に千円を放り込んだ。そして言う。

「確率は二分の一、一度でも当てられたらこの瓶の中身は全部その人にあげる。挑戦する人はいる？」

瓶の中はお札と小銭でいっぱいだった。一体どれだけ繰り返されているのか分かったものじゃない。引っ込みがつかなくなったのか、野次馬の一人が新しく歩み出て勝負を挑む。当然のように、その男も千円を巻き上げられていた。

「凄いですね、あれ……」

隣で美見川が素直な感嘆の声を上げる。そんな声を受けて、要は苦々しく「そうだな」

と言った。本当にそうだ。ある意味凄い。

この詐欺師め、と要は心の中で言う。確率が二分の一なんて嘘だ。これから何千回繰り返したところで、冴昼が負けることは一度たりとも無い。

「さあ、次に挑戦する人は――」

「俺がやる」

要はベンチの背もたれに肘《ひじ》をついて、後ろから声を掛けた。あ、と言いながら冴昼が両の拳を差し出してくる。

「それじゃあ、どっちに賭ける?」

「どっちにも賭けない」

要はそう言うと、自分の右手からコインを取り出した。そして、現金のたっぷり入った瓶に入れる。

「随分古典的なアルバイトをしてるな」

「いやあ、先立つものが必要だと思ってね。どうも、要。元気だった?」

「上々だ。お前の為の事務所を更新したりしてな」

「あ、元の世界に戻ったんだね。更新ありがとう」

呆気に取られていたオーディエンスたちが、要の出現で蜘蛛《くも》の子を散らすように逃げていく。その様はまるで、夢遊病者が慌ててベッドに帰っていくようでもあった。きっと家に帰り着く頃にはどうしてあんな賭けをしていたのかも分からなくなっているだろう。

「あの、その人が呉塚さんの探してた人ですか?」

「うん? その子は?」

今気づいたとでもいうように、冴昼がそう尋ねてくる。

「……どう説明していいか分かんないんだが、この子は——」

「——その子は、私の知り合いだ」

その時、要の言葉は涼やかな声に引き取られた。

声のした方を向く。そこには、砂色の髪をした恐ろしく美しい女が立っていた。

黒いパンツに深緑色のジャケット。しなやかな身体を豹《ひょう》に例えることすら陳腐《ちんぷ》かもしれない。随分と高い背丈を上手に仕上げて、あまりにも鮮やかにそこにいる。そして、その手には冴昼の隣にある瓶よりも一回り大きな空き瓶があった。

「ああ、空き瓶買ってきてもらったはいいんだけど、実は今日はお開きになっちゃってさ」

冴昼がそう言って笑う。

もしかして、と要が言うより先に美見川が小さく声を漏らした。

「……ヘルヴィー」

ともすれば掻き消えてしまいそうな声だった。それに合わせて、女の方が静かに返す。

「ミミ」

「ああ、じゃあその子がミミさんなんだね」

訳知り顔で頷く冴昼を見て、要はいよいよこの状況に眩暈《めまい》がした。要と美見川が偶然引き合わされたように、こちらもこちらで繋がっているというのだろうか？

「私はヘルベルチカ・ミヒャエルス。……この世界とは別の世界から来た、ミミの友人だ」

「俺は子規冴昼。同じく別の世界から来た、要の大事な霊能力者だよ」

わざとらしく揃えられた自己紹介が、何だか妙に癇《かん》に障った。

「ヘルベルチカさんとは何処で知り合ったんだ？」

「いや、大したこと無いよ。転移してからどうしようかなってぶらぶらしてたら、同じような境遇の人がいることに気がついたんだ。割とすぐに分かったよ。この世界のルールに対して、ヘルヴィーは明らかに反応が違ったから。そうして話しかけたら、似たような境遇だって知った」

「……この世界？」

「まあ、それは追々分かるよ」

言いながら、冴昼がからからと笑う。それに合わせて懐に入れた現金入りの瓶が耳障《みみざわ》りな音を立てた。

「さっきのあれは？」

「いきなり転移させられたから懐が心配でさ。ほら、前の世界では俺、半分捕まってたし。だからこういう自由な時に稼いでおこうかな、と」

「それであんな古典的な詐欺を」

「大道芸だよ。そもそも要だって昔やってただろ」

「単刀直入に聞く。ここは元の世界と何が違う？　ちょっとでも気を抜いたら建物の裏からドラゴンが這い出してくるとかなのか？」

「それは結構夢があるよね。まあ、確かにこの世界は分かりにくい。俺たちが普通に生きてたら、終《つい》ぞ味わわないような〝奇妙なルール〟に支配されてる」

「普通に生きてたら？」

「だからある意味ここでは気をつけなくちゃいけないのかもしれない。この間のキャリアも驚いたけど、今度はもっと根幹、俺たちが全く想像も出来ないような部分が違うんだ」

冴昼の言葉はどうにも要領を得なかった。想像も出来ないような部分。自分たちの根幹に関わる部分。それでいて、ここの住人たちは分かりやすく超能力を使っているわけじゃないのだ。

その時、ヘルベルチカが驚いたように口を開いた。

「あなたは――『霊能力者』だったんですか？　初耳だ」

「ああ、あっちの世界での俺のことは話してなかったもんね。驚いた？」

「だって、そうでしょう。この世界でそんな職業、皮肉にもほどがある」

どういう意味だ？　と尋ねる要の声は甲高《かんだか》い悲鳴に掻き消された。

何事だ、と思うより先に、数十メートル先にあったベンチに――そこに座っていたカップルに、真っ赤なスポーツカーが突っ込んできた。骨と肉が潰れる生々しい音と、車体の潰れる音が遅れて聞こえる。

煙を上げる車の下からは取り返しのつかない量の血が溢れ出していた。目の前でこんな事故を見たのは初めてだった。

「ど、どう、どうしよう、こ、これ、救急車……」

真っ青になった美見川が譫言《うわごと》のようにそう繰り返す。けれど、正直な所見を言えば、救急車を呼んでも無駄だろう。目の前の二人はもうその段階にいない。警察、と要は小さく呟いた。その時だった。

今まさに潰されたはずの女性が、ゆっくりと車とベンチの間から這い出てきた。億劫そうに溜息を吐きながら、自分の上にある血塗《ちまみ》れの鉄塊を押しのける。そうして何事も無かったかのように立ち上がった彼女は、ただ一言吐き捨てた。

「あー、弘和《ひろかず》死んじゃったじゃん……最ッ悪……」

その言葉を聞いて、本能的に寒気を覚える。

一緒に潰された人間が言う言葉とは思えなかった。そもそも、車に轢《ひ》き潰された人間は口すら利けないはずだ。この間にも血溜《ちだ》まりは広がり続けている。あまりのことに要ですら目を逸らした。

ここでようやく騒ぎを聞きつけた人が集まり始めた。集まった人たちが「大丈夫ですか？」「処理呼びましょうか？」と口々に声を掛ける。それを受けた女はちらりと死体を見てから、きまり悪そうに「大丈夫です。自分で呼びますから」と笑った。

　およそ死体を前にしている時の様子には見えなかった。そもそも、このシチュエーション自体が常軌を逸《いっ》している。車に轢かれた人間は、同じく轢き潰された恋人の死体を前にどんな態度でいるべきなんだろう？

「ああ、女の人は無事だったみたいだね」

　混乱する要の横で、冴昼は暢気にそんなことを言った。

「……無、事なわけ無いだろ、だってあんな……」

「問題無いよ。あの女の人、もう死んでるから」

「死んでる……？」

「幽霊は二度死んだりしない」

　冴昼の言う『幽霊』は二本足で立ち上がると、何事も無かったかのように、近くに転がっていた鞄からスマートフォンを取り出した。血の一滴も出ていないどころか傷さえ無い。現実味が薄すぎて、女の輪郭《りんかく》が滲んで見える。それでも、彼女の声ははっきりと耳に届いた。

「……弘和？　あー、本ッ当最悪なんだけど！　だから早く死んどいた方が良いって言ったでしょ!?　あー、もう処理頼まなくていいから。私がやるから掛けないで。いい？　さっさと戻ってきて」

　その一連の言葉を聞いた時、要は不意に公衆電話の黒いボタンのことを思い出した。艶めくそれの下に刻まれた『ＳＤＣ』の文字。こうしたことが起こり得る場所だからこそ必要なもの。

　死んでおけば、処理、掛けないで、の言葉が頭の中でぐるぐると回る。

「……Sudden〝Death〟Call か」

　あの黒いボタンは、こうした突然死に対応する為の何処かしらに繋がるものだったのだろう。人は死んだら無になるのだと思っていた。けれど、この世界にはその先がある。それもかなり身近に。

　酷い顔をしていたからか、冴昼がいつになく楽しそうに笑う。いいものを見た、とでも言わんばかりの表情だ。

　随分キュートな顔をした冴昼が、囁くように尋ねる。

「一番大切なところの尺度が揺らいじゃうの、どんな気持ち？」

「……刺激的すぎて死にそう」

　要は投げやりにそう言うと、軽く天を仰いだ。恐らくそこに天国は無い。この世界の天国も地獄も、この地続きにあるのだろう。

　ここは実体を持った幽霊が当たり前に存在する街。『死者』の存在しない世界だ。

　衝撃も醒めやらぬまま、四人はとあるホテルに入った。何の説明も無くエレベーターに乗り、十六階のカフェに入る。明かり取りの窓がふんだんにあしらわれた、天井の高い開放的なカフェだ。外の景色もよく見える。

さっきの現場からそう遠くないというのに、誰も事故の話をしていない。人一人が死んだというのに、波風一つ立ちやしない。……この世界では、たかが人が死んだくらい、なのだろう。

「ここのブレンド、物凄《ものすご》く評判いいんだよね。何でもここのマスターは二百年近く豆の挽《ひ》き方を研究してるとか。やっぱりこういうところは時間を掛けただけ洗練されていくのかも」

未だに恐々としている要の前で、冴昼は暢気にそう言った。

「お前さ……」

「何？　どうかした？」

「……いや、何でもない」

この世界の異常な論理に、冴昼はもう既に順応している。慣れた様子でブレンドコーヒーを人数分注文しているヘルベルチカもそうだ。目の前で人が肉塊に変わったのに、平然とメニューを開けるその異常さ……。

「……全然ついていけない」

青ざめた顔のままそう呟く美見川だけが要の心情に寄り添ってくれている。素晴らしい、かくあるべきだ、と要は思う。人がミンチになるのを見た後はこうでないと。出来ればあと二、三日はケチャップにすら拒否反応を示して頂きたい。

「何がだ。シンプルじゃないか。人間は死んだら幽霊になって戻ってくる。幽霊になった人間は幽霊だから死なない。ここは不滅の街、魂の係留地だ」

一方のヘルベルチカは、まるでここが新興住宅地であるかのような顔をして、そう総括した。美見川の顔色が一段と悪くなる。

「つまり、この世界は幽霊が当たり前に存在してる世界だってことか。しかも生きてるのとまるで変わらない幽霊が」

「正解」

冴昼はそう言うと、華麗にウインクを決めてみせた。

「ここの街で死んだ人間は、街の中心にある『戻り橋』という橋を通って蘇ってくる。蘇った人間は幽霊となって、この世界で永久を過ごす魂の存在になる」

「幽霊ったって、車に潰された女の人は透けたりしてなかったぞ」と要が不満げに言うのに合わせて、冴昼は宥めるように笑った。

「だから、俺たちの知ってる幽霊とはまた意味合いが違ってくる。ここでは幽霊というのはただ死んだだけの人なんだよ。触れるし、足も消えてない」

「ならどうやって幽霊と生きている人間を区別すればいいんだ？」

言ってから、こんな質問自体も狂っているな、と思い直したものの、冴昼はあくまで真面目な顔をして言った。

「よく目を凝《こ》らすと、幽霊の輪郭には〝残照〟が見えるんだ」

「残照？」

「ほら、あそこのカップルの女の人の方」

冴昼がカフェの隅を指差す。奥の方のボックス席には、何の変哲も無い男女二人組が座っていた。

女の方は二十代に見えるが、男の方はもう四十を超えているように見えた。カップル？と訝しげに言うと、冴昼は「いいから見てて」と短く言った。言われた通りに二人のことをじっと見る。男にスプーンを渡しながら微笑む彼女は、どう見ても生きた人間だ。

すると、女性の輪郭が薄く光を放つのが見えた。

光の線に縁取られて、まるで存在がちらちらと灼《や》け付いているかのようだった。最初にこれを残照と呼んだ人間に拍手を送りたい気分だった。確かにこれはそうとしか呼べない。

「だから、生きている人間と幽霊は区別出来る」

「なるほどな」

「光ってるし夜道が安心になるかもね。いや、残照は人の目にしか作用しないのかな」

「そんなドライヤーを暖房にするような話を」

そうこうしているうちに、店員がカップルの元へコーヒーを運んできた。死んでいる彼女の前に置かれたのは、通常のものよりも一回り小さなカップだった。エスプレッソカップ、というより殆どショットグラスに近い。その玩具《がんぐ》のようなカップを、男の方がすっと差し出す。
「何だあれ」

「幽霊に制限があるとすれば、食事の面かな。幽霊はそのままだと飲み食いが出来ない。誰かに供えてもらわないといけないんだ」

「供える？　どうやって」

「別に特別な手順があるわけじゃない。『供えよう』っていう気持ちを持った誰かが差し出してくれればそれで済むみたいだよ。そうして供えられた人間は、無事飲み食いが出来るってわけ」

「あの玩具みたいなサイズのカップは何だ？　まさかショットってわけじゃないだろ？」

「これも利点と言えば利点なのかな。供えられた飲食物は減らないんだよ。この世界が食料を求めて争わない理由が分かるだろ？　彼らが摂《と》っているのはあくまで概念的な食事らしい。それがどんなものなのかは、生きている俺たちにはおよそ知る由も無いことだけど」

幽霊の女はカップを持つことも無く、男と親しげに話していた。中身は依然として湯気を立ちのぼらせている。なるほど、確かにコストパフォーマンスはいいように見える。中身は一体どうなるのだろう。

それに、幽霊の一人客の時はどうするのだろうか、といらない心配までしてしまった。

要はあたりを見回して、残照を放つ三十絡みの男をじっと見つめた。そしてカラクリを理解した。何のことは無い。店員が『供えて』いる。死んだ人間がこの世界で自炊をするのは難しいだろうな、と妙な感慨も覚える。

「要にはあの二人がカップルには見えなかったかな。恐らく二人の実年齢はそう変わらないよ」

「幽霊は歳を取らないのか」

「正確に言うと、死んだ時の年齢と、その時の精神年齢の中間値を取るらしい。そのあたりの世界の仕組みはよく分からないけど」

「じゃあ、物凄く精神年齢の低い若者が死んだら子供になるのか」

「そこらの子供に聞いてみたらどうだろう」

冴昼がそう言って、テーブルで一人小さなティーカップを携えた子供を指した。微かに残照を放つ小学生くらいの子供が、暗い目でぼんやりと窓の外を眺めている。話しかける気にはなれなかった。

こうして見ると、この店の中にいる人の八割方が幽霊だった。注文を取りに来た店員さんが驚いていたのも分かる。テーブルに着いている四人ともが生者だというのが珍しかったのだろう。

「これはまた凄い世界だな」

「こんな世界なら子規冴昼も必要無いな。死者の声は各々が直接聞けるんだから」

「なら神の声を聞けばいい」

そこでようやく、要もコーヒーに口を付けた。酸味の際立つ深煎《い》りのブレンドで、言われてみればあっちの世界では飲んだことの無い味に思える。だが、コーヒーはコーヒーだった。どんな要因があっても人間の進歩は頭打ちなのかもしれない、と雑な感想を抱く。

「あの、いいですか」

その時、ずっと黙っていた美見川が口を開いた。

「……冴昼さんと要さんも、ヴァンデラなんですか」

「ヴァンデラ？」

聞き慣れない単語に首を傾げると、美見川が思い出したように言い添えた。

「ああ、ごめんなさい。ヘルヴィーの造語なんだって忘れていました」

「そう。付けたのは私です。既に何度か世界から追い出しを食らっているもので、そう呼ぶことにしたんですよ。〝Wanderer〟……ドイツ語で、彷徨者《ほうこう》という意味の言葉です。あちらの世界から、こういった異世界に迷い込んでしまった人、という意味で」

「ああ、なるほど」

上手い言葉だ、と要は思う。確かに、世界からしてみたら自分たちの方が異物であり、寄る辺の無い彷徨者だ。

「困ったことに、私はスイッチを切り替えるように世界を転移する存在なんです。お二方もそうですか？」

「その定義に則るなら、ヴァンデラなのは俺だけだよ。要は俺を連れ戻しに来てくれただけ。理由は何か分からないけれど、世界から追い出されたのは俺だけ。要は元の世界に戻れたようだけど、俺は前の世界からここに飛ばされた」

「そうですか。なら要さんはミミと同じ立場ですね」

「ヘルベルチカさんはもう何度か転移を？」

要がそう尋ねると、ヘルベルチカは緩《ゆる》く首を振りながら言った。

「今回で十三回目になりますね。なかなか意味ありげな数字です」
十三、と要は思わず復唱してしまった。前回と今回で既にいっぱいいっぱいだというのに、目の前の女性はそれを軽く超える回数をこなしている。その回数がこれからも積み重なっていくことを考えると、気が遠くなりそうだった。
「どうやって転移してるんですか？」

「人間が入眠する瞬間を自覚出来ないように、転移の瞬間もまだ自覚出来ていません。私が出来ることは流されること、あるいは呼ぶことだけです」

「呼ぶ、というのは」

「初めて転移した時、私は警察に連絡し、次にミミに連絡しました。まあ、ミミに連絡したのは殆ど自暴自棄になっていたからなんですが。ヴァンデラの支離滅裂な経緯に、警察は太刀打ちが出来なくて。けれど、ミミの方はやってこれた」

そこから語られた顚末《てんまつ》も要の知っている展開だった。美見川はヘルベルチカのいる世界にやってきて再会を果たしたが、ヴァンデラは次の異世界へ。そして追ってきたものは元の世界へ。

「私がこの世界にやってきたのは四日前です。大体一週間くらいで次の世界に転移しているから、恐らくあと三日も経たないうちに次に行きます」

その口調は、まるで端《はな》から帰還を諦めているかのようだった。

「元の世界に戻る方法は？」

「さあ、分かりません。そろそろ元の世界が私と和解してくれるといいんですが」

ヘルベルチカはそう言って微かに笑ったが、要にとっては一番恐ろしい話だった。ヴァンデラが一生転移を続けるなんてことはあるんだろうか？　仕組みが分からない以上、そういうこともあるかもしれない。

それは要にとって最悪のシナリオだったが、かといって冴昼をみすみす逃すわけにもいかない。今の要に出来ることは、少しでも情報を手に入れ、対策を練ることだ。諦めてしまったかのようなヘルベルチカを余所に、要は隣の冴昼に向き直った。

「とにかく、俺は今度こそお前を連れて帰るぞ」

「前回は失敗したもんね」

「前回は対策が全く講じられてなかったからな。今度は転移しそうになった瞬間に俺とお前の身体を縛り付けでもしよう」

「ちなみに手を繋ぐくらいじゃ無駄でした。ミミと前回試したんですが、私は気づいたら消えてしまっていた」

「なら、仮に片方の腕を切断したらどうなるんだろうな。転移先には腕ごと連れていくのか？　それとも切られた方の腕は残るのか？　それが分かれば頭を残すことも出来るかもしれない」

「それで腕を切られたら流石の俺も泣いちゃうかもしれないな」

「でも、それくらいしないとヴァンデラ現象には対抗出来ないかもしれない」

その時、今まで黙っていた美見川がはっきりとそう言った。

「不条理な仕組みに対抗しないと、翻弄されるばかりです。私は検証の為にヘルヴィーの腕を切るだけの覚悟はありませんけど」

「あいにくと私も腕を切られる覚悟はまだ無いな」

「俺は永劫《えいごう》無いんだけど」

「まあ、それは追々考えるとして」

そう言いながら、要は冷えたコーヒーを一気に飲み干す。窓の外に目を遣ると、丁度いい具合に日が暮れていた。そろそろ出ようか、と冴昼が言う。そして冴昼は一行を連れてごく自然にフロントへ向かった。

「このホテルに泊まってるのか？」

「ああ、そうだけど。ホテル・エンネアの十二階」

「え、もしかしてヘルヴィーもここに泊まってるの？」

「私は十三階だ。非常階段に一番近い部屋だから、そこを目印にしてくれ」

戸惑う美見川に対し、ヘルベルチカは素直に言った。

「そうじゃなくて、お金とかって大丈夫なの？　ここ、相当高そうだけど……ヘルヴィーってそんなにお金持ってないよね？」

「ああ。だから私は冴昼さんと合流するまで夜通し歩いたりして凌《しの》いでいたのだけれど」

冗談なのかどうなのかも分からない口調で、ヘルベルチカが言う。

「冴昼さんと偶然出会ってから、どういうわけだかこのホテルに泊まれるようになったんだ」

「待って、ヘルヴィー、冴昼さんにお金出してもらってるの？」

「いや、俺は一銭も出してないよ。俺のも、ヘルヴィーのも」

「は？　じゃあどうやって……」

「まあ見てて」

フロントに着くなり、冴昼は笑いながらそう言った。それを見計らったかのように、一人の男が躍り出てきた。まだ若い、精力的な男だ。それに、この世界では珍しくまだ生きている。

「子規さん！　ミヒャエルスさん！　どうですか、何かご不便なことなどございませんか？」

男はハキハキとそう言って、優雅に一礼をした。

「いいえ、このホテルの皆さんにも、平賀《ひらが》さんにも大変よくして頂いています。ところでご相談なんですが……あと二名都合を付けて頂けないでしょうか？」

「ええ、勿論！　お困りなんでしょう？　すぐにお部屋の方手配させて頂きますね。それでは、少々お待ちください」

男はそれだけ言うと、走って受付の奥に消えていった。まるで冴昼が王族か何かであるかのようなもてなし方だった。それに、冴昼は当たり前のように「あと二名」と言った。きっとその二名の内訳は要と美見川なのだろう。ここまでくるともうもてなしというレベルじゃない。ややあって、冴昼は笑顔のまま言う。

「あの人はここの支配人の平賀さん」

「そうなのか？」

「そう。あの人が俺とヘルヴィーと、これからは要とミミさんの分も面倒を見てくれる。俺が困ってるって言ったら、無償でいつまでもいていいってさ」

その言い方を聞いて、要の頭に一つ思い当たることがあった。

「……なるほど、審査員詐欺か」

「言い方が悪いな。俺は別にそういうつもりじゃないんだけど」

審査員詐欺とは、別名三ッ星《みつぼし》詐欺とも呼ばれる古典的な遣り口だ。

詐欺師はそれらしい服装でホテルやレストランなどに行って、まるで何かの審査員のように振舞う。あるいは最初から審査員なのだと打ち明けてしまう。自分の店やホテルに良い評価を与えてもらおうと、騙された店側の人間は彼らに最大限のサービスをし、会計まで無料にしてしまう。そういう詐欺だ。

「だが、ああいうのって下調べがいるだろ。そもそも今回はちょっと破格すぎる。ガイドブックか何かで大きく取り上げてもらうにせよ、ここまでする必要があるか？」

「別に周到に準備をしてホテルの人を騙したわけじゃないよ。ちょっとばかり運と世界の仕組みが良かったんだ。俺はそれに乗っかっただけ。それに、恐らく俺が勘違いされているのは『そういう類の』審査員じゃない」

どういう意味だ、と言うより先に「お待たせしました！」という平賀の声がした。相当急いで来たのか、額には汗が滲んでいる。

「これはそちらの男性の方の部屋の鍵、こちらが女性の方の鍵になります。大変お待たせしましてすいません」

「いやいや、本当にありがとうございます。助かりました。……代金の方、本当に大丈夫ですか？」

「私どもは困っている方を見捨てたり致しません！　心行くまでご滞在ください！」

そう言って、平賀はもう一度見事な一礼をした。そして、何かを窺《うかが》うように要と美見川をじっと見つめる。何だ、と思っている隙に平賀は納得したように頷いて去っていった。

「多分二人も『審査員』認定されたんじゃないかな」

「私もですか？　そんな……」と美見川が困惑した声を上げる。

「一体、お前も俺も何の審査員だと思われてるんだ？」

「ヒント、死者が当たり前のように存在する世界。現世と彼岸が繋がっている世界で一番問題になりそうなことは？　元の世界の感覚でいいから」

「……人口過多だろうな。向こうでも現役の問題だ」

「そんな世界で制限されそうなものと言えば？」

「出産」

正解、と冴昼が言う。

「多分、俺は出産の権利を認める『審査員』だと思われてる。この世界では出産が許可制でさ、子供が欲しい夫婦は届け出なくちゃいけないんだ。そこから審査が始まる。ただ、出産の権利がどんな基準で認められるのかは分からないらしくてね。多様性を確保する為に、なるべくバラけた審査基準にしてるんだろうけど」

「審査基準の分からない審査……」

「だからこそ、出産希望の届を出した人は毎日毎日気が気じゃないらしい。一体どんな風に審査されるのか、何を以《もっ》て親に値すると認められるのか……。認められた人にだけ、一定期間後に許可証が発行される。実際に権利を獲得した夫婦は凄い話題になるみたいだよ。この間も一組だけ許可証が届いたとか」

だからか、と要は思う。

出産に際する基準の分からない審査が存在するのなら、冴昼に対するこの謎の厚遇も納得がいく。いるかどうかも分からない特別な審査員像と、冴昼の浮世離れした印象はよく噛み合っている。しかも、この世界では珍しい生者だ。こんな男がある日やってきて「困っている、宿を提供して欲しい」と言ってきたらどうだろうか？　勝手な期待に胸を弾ませてしまうんじゃないだろうか？

「……死なないってのも考えものだな。出産に対する審査自体が、そもそも俺には理解しがたい話だ」

「まあ、俺たちの世界からすればそうだね。そもそもこの仕組みだと、審査に気を揉みすぎて、見ず知らずの放浪者を親切にもてなすことになっちゃうし」

そう言って、冴昼はからからと楽しそうに笑った。

冴昼はそれがこの世界の落とし穴のような口振りでいるけれど、本当はそう簡単なものでもない。自分が何に勘違いされているのか、冴昼はいつ把握したのだろうか。そして、把握した後はどれだけの速さでそれに順応してみせたのだろう。

「つくづくお前はこういうのに向いてるな。俺じゃ無理だった」

要は殆ど感嘆混じりでそう言った。

そういうことを軽々とやってのけるから、要は冴昼が好きなのだ。ある意味、一番のファンだと言ってもいい。

プラトンの言葉にもあるように、騙すものは全て心を奪うと言ってもいい。子規冴昼に心を奪われ続けている要は、ある意味騙され続けているのかもしれない。全く以て光栄なことだった。

「ちなみに要がここに飛ばされてたらどうしてた？」

「さあ、どうとでもなるだろ。俺は鉛を詰めたクルミを持ち歩いているからな」

「どういう意味？」

「アーカンソー州の天才詐欺師、トンプソンの七つ道具だ。トンプソンはある日、クルミを五階建てのビルの向こう側まで飛ばすことが出来るかどうかの賭けを持ち掛けた。聴衆は軽いクルミがそんな遠くまで飛ぶはずが無いと笑い飛ばした。だが、トンプソンの取り出した鉛入りのクルミは綺麗な放物線を描いて五階建てのビルの向こうに飛んでいった」

言いながら、要は手元から小さなクルミを取り出してみせた。冴昼は近くにある小さなくるみ割り人形に目を向ける。くるみ割り人形はそこにあるべき何かを失ったかのように、ぽっかりと口を開けていた。

「……それって本当に鉛入り？」

「賭けてみるか？　ミニマム三百ドルで」

そもそもそれって本当の話？　と冴昼が尋ねる。さあな、と言って要は手の中からクルミを消してみせた。

それにしても、ホテル・エンネアの居心地は良かった。

冴昼たちと別れ、自分の部屋のベッドに寝転んだ要は、差し迫った危険が無いことに感動していた。前回の追い詰められ具合と比較して、ここは何て自分たちに優しいのだろう。

それに、ヘルベルチカと美見川のことも僥倖《ぎょうこう》だった。こんな状況じゃなければおよそ信じられそうにない異世界の話も沢山聞いた。想像したものが実体化してしまう世界や、一歩外に出れば水圧で潰れて死んでしまう海底都市の話は聞く分には楽しかったものの、実際に行きたいとは思えない。

同じ境遇の人間と話してもヴァンデラの仕組みは分からなかった。だが、同じ境遇にある二人の存在が解明の一端になるかもしれない。最優先すべきは冴昼がトラブルに見舞われないように見張ること。次点で二人から事態の解決への糸口を手に入れることだ。

けれど、と要は思う。美見川はともかくとして、ヘルベルチカの方はすっかり諦めてしまっているようだった。彼女は元の世界に帰るよりも何事も無く次の世界に行ければ、というスタンスでいるようにも見える。そんな彼女を見て、美見川の方はどう思っているんだろうか？　事故のことが衝撃だったのか、彼女はあれからまともに口を開いてもいない。ただ、何か行動を起こすとしたら彼女の方だろう。

美見川は何処か要と似た目をしていた。表面上は世界やヘルベルチカに翻弄されているようだが、目の奥に灯る炎には、隠しきれない切望があった。そうでなければ、何度も追いかけてきたりしないだろう。彼女はまだ、ヘルベルチカを取り戻すつもりがある。

その執着が自分たちのケースにも役立てばいい。そう思いながら、要は部屋に備え付けられていたタブレットを手に取った。気になっていた、この世界での出産について検索する。死人に塗れたこの世界で、対になるよう尊ばれているものだ。

調べてみると、この世界での出産権はなかなか馬鹿にならない関心ごとのようだった。そもそも、この世界の生者は人口の二割程度しかいない。残りの八割は死者だ。その中で子供を持つ権利を与えられる人間は更に限られる。

つい先日には野崎公康《きみやす》という男と、その妻である野崎佳世《かよ》という女性がこの地域では久しぶりの父親と母親になる権利を得たということで話題になっていた。写真に写っている夫妻は仲睦《むつ》まじそうではあったが、それ以外は至って普通の夫婦にしか見えなかった。この二人の何処がそんなに特別であるのかは分からない。

写真の中の野崎公康は手首に着けている赤いミサンガに触れながら、緊張気味の笑顔を浮かべている。

この世界で親になるというのがどういう気持ちなのか、要には上手く想像がつかなかった。

翌朝、冴昼と一緒に朝食を摂っていると、店員が新聞を持ってきてくれた。何かしらのサービスなのか、これも平賀のもてなしの一環なのかは分からない。ありがたく頂いて目を通した。

一面はかつて無差別に人を毒殺した男が自叙伝を出版したという記事だった。かの本の内容から、それに対する社会への影響や模倣犯の出現への危惧《きぐ》などが載っている。そして、出版の自由を主張する声も。

こっちの世界でも似たようなことが起こってるんだな、と思いつつ、むしろこの世界にも無差別な殺人というのが存在することに驚いた。死んだって幽霊になるだけの世界で、それでも殺人衝動は息づくものなのか。人を殺したって本質的に意味が無い世界なのに。

更に捲っていくと、昨日の事件が端に小さく載っているのを見つけた。運転していたのは『死亡済み』の男性で、酷く酩酊していたが故にアクセルを踏み切ってしまったらしい。死者一人。運転手は素直に容疑を認めており、懲役一年の実刑判決が下る見込みだという。

「……一年？」

思わず口を衝いて出た。いくら何でも短すぎないか、と思いながら食い入るように見つめていると、冴昼が穏やかに言った。

「ああ、昨日の事故？　目の前で起きたことだからびっくりしたよね」

「人一人殺して一年？　いくら過失致死だっておかしいだろ」

「だって、何の意味がある？　多分そこらの人たちに聞いてもこう言うと思うよ。『人はいずれ死ぬんだから』って」

随分当たり前の真理だ。けれど、この世界において、その言葉の持つ意味合いはかなり変わってくる。冬服を仕舞うように、厚手のコートを脱ぐように、人はいずれ死ぬのだ。

恐らくこの事故だって『偶然生者に突っ込んでしまったのが不運だった』くらいのことなのだろう。

「刑期が短いのは、その運転手が極地開発に志願したからだろうけど」

「極地開発？　北極《ほっきょく》か？　南極か？」

「この世界の極地はその二つだけじゃないよ。人のまだ住めない最果ての地。あるいは活火山の近くなんかを指して言うんだ。この世界の囚人は刑務作業の代わりにそういった場所の開発を一手に担うことになってる。ほら、こんな世界だから人の住めるところを沢山作って損は無い」

「そんな非人道的な——いや、死んでいるなら関係無いのか」

致死の極寒だろうが有毒なガスだろうが、死んでさえいれば脅威じゃないのだ。死も苦痛も無いところに非人道の言葉が差し挟まれる余地は無い。……ということなのだろう。

正直、要にとってはかなり受け入れがたい話だったが、この世界の人々が一度死ねば終わりな人間の価値観を理解出来るはずも無い。

「開発って？」

「人が快適に過ごせるようにだよ。聞いたところによると、十分に開発され尽くした場所には何処からともなく『戻り橋』が現れるらしい」

戻り橋については要も調べた。戻り橋はどの街にもその中心にある不思議な橋のことで、この世界で死ぬと、死んだ地点から一番近い戻り橋から幽霊として蘇ってくるのだ。

死体は死んだ現場に残ってしまう為、突発的に死んでしまった人間の多くは、戻り橋から蘇るとすぐにSDCで自分の死体の処理を依頼する。あの公園で彼女の方が話していたのはそういうことだったのだろう。自分の死体の後処理をするなんてぞっとしないが、ここではそれが当たり前なのだ。

戻り橋は人間の起点であり、彼らの生活の中心なのだ。

「戻り橋が現れる、か。どんな感覚なんだろうな」

「それこそ神に見初められたような気分かもしれない。それを目指して人は働く。ほら、その人も何処だったかに行くって書いてない？」

「『山元勉《やまもとつとむ》氏は標高八千メートルを超えるペリクーラ山の開発に従事する予定』」

「俺なら死んじゃうね。要も死ぬだろうけど」

極地開発、という言葉を口の中で転がす。不死の人間たちが未踏の地を開発し続ける様は何処か楽園的でもあるし地獄的でもあった。罪を背負った不滅の住人たちが街を作り、何処からともなく戻り橋が現れる。それはある種、神の赦しなのかもしれない。箱庭をせっせと作る彼らに対する、神からのお墨付きだ。

「……うっかり殺されないように気をつけないとな。正直ここの住人と俺たちじゃ命の重みが違う」

「本当にね。でも前回と違って冤罪にも掛けられてないし、穏やかに過ごせそうだよ。平賀さんは相変わらず俺のことを気にしてるから、消えたら驚くだろうけど」

「俺たちが消えた後は、いよいよ許可証を期待するだろ」

「要の順応の仕方も凄いよね」

「ここまで来たら利用出来るものはしないと損だろ」

要はそう言うと、湯気の立ったコーヒーを啜《すす》る。

「にしても……こうして色々と余裕があるからこそ、ヴァンデラが一体何なのか考えておきたい。二人の話を聞いただろ？　死の危険がある世界もあった。転移先が指定出来ない以上、早くこの現象を終わらせないと」

「俺も活火山の中に転移させられるのは嫌だな」

冗談めかして言う冴昼に対し「俺もそんな世界は困る」と溜息を吐く。そんな要を見ながら、冴昼は驚いたような嬉しそうな、何とも言えない顔をした。

「にしても、あの二人――ヘルベルチカと美見川には話を聞いておきたい。こんな機会なんて無いかもしれないだろ」

人が多くて分からないだけかもしれないが、カフェに二人の姿は見えなかった。こうなると、部屋を直接訪問するしか無いのだろうか。お前はどうする、と言う要に、冴昼はパンケーキを切り崩しながら答える。

「ふーん、俺はちょっと所用があるから」

「所用って何だよ。あんまり一人で行動するな」

「大丈夫だよ。元より三年も離れてたんだから」

「それは俺の方の体感だろ」

「雪を見に行くわけじゃないから大丈夫」

わざわざそんなことを言われてしまうと、それ以上何も言えなかった。まるで要の奥底にある恐怖を見透かされたようで居心地が悪い。

「大丈夫。そう遠くには行かないよ」

「当然だ」

それを言うしか出来なかった。幸い、外に雪の気配は無い。


そうして一人で部屋に戻るなり、ノックの音がした。

「お話があります」と硬い表情で言う美見川は、もう帽子を被ってはいなかった。その代わりに、跳ねた黒髪と引き結ばれた唇《くちびる》が見える。ただ、よく見えるようになった目だけは、帽子を被っていた頃と変わらない気の強さを見せていた。

美見川は要を屋上ラウンジまで連れていってから、ようやく口を開いた。

「こんなところまで来て頂いてすいません。ただ、ヘルヴィー抜きで呉塚さんと話したくて」

「ヘルベルチカさん抜きで?」

「はい。……呉塚さんは、私と同じ立場の方ですから」

緊張した面持ちのまま、美見川が言う。

「呉塚さん、あの……気になってたんですけど、子規冴昼さんって……あの、子規冴昼さんですよね？　よく、テレビに出てた……霊能力者」

「ああ、そうだけど」

他人の空似も無理がある、と思いながら素直に答える。表舞台から消えても、三年ならまだ印象くらい残っているだろう。飽きっぽいオーディエンスのことを考えながらそう思う。

「やっぱり。どう見ても一般人じゃないですもんね、冴昼さん。何処かで見たことあると思ったら」

「覚えててもらえただけ光栄だ。もう三年も失踪してるのに。あの業界は三日顔見せないだけで干される」

「そうですよね。子規冴昼死亡説も流れてましたもんね」

美見川がぽつりとそう呟く。

「……気分を害したらすいません。でも、揶揄《やゆ》したわけじゃないんです」

「分かってる」

美見川はさっきから随分切実な表情を浮かべていた。三文ゴシップを語りたい時の顔じゃない。ややあって、美見川が口を開く。

「冴昼さんは表舞台から消えている間、ずっと異世界を彷徨していたんですよね？　転移のきっかけが何だったか覚えてましたか？」

「いや、気がついたら転移していたらしい、それだけだ」

「ヘルヴィーも同じことを言ってました。やっぱり二人とも、どうしてヴァンデラになってしまったのかは分からないんですよね」

美見川はそこで一旦言葉を切った。夕焼けの方に据えられていた目が、恐る恐る要の方を見る。

「ずっと考えてることがあるんです」

「どんなこと？」

これから美見川が言うことを、要はずっと前から知っていたような気がした。それでも口を挟まずに彼女の方をじっと見る。ややあって、美見川は言った。

「……この異世界っていうのは、あの世なんじゃないかって」

予想通りだ、と要は思う。そんなことは要だって考えていた。霊媒師を利用出来ない自分に与えられた、感傷的な白昼夢。ここは天国でも地獄でもないかもしれないが、彼岸の境ではあるんじゃないかという恐れだ。

「本当のヘルヴィーは何処かでひっそり死んでいて、私はそれを取り戻そうと躍起になっているのかもしれない」

「俺たちの役割は冥界《めいかい》に下るオルフェウスか、あるいはイザナキか？　そうかもしれない」

「見るなの禁を守るだけで連れ帰れるならいいんですけど」

どちらの物語も二人の結末は別離で終わっている。

「妙な話の展開になっちゃいましたね。でも、こうして同じ境遇の人に会えたのが初めてだから聞いておきたくて。冴昼さんが……その、死んで転移するようになったわけじゃないって知れて良かった」

美見川の言葉の裏にある想定すら、要には分かっていた。霊能力者の子規冴昼は、何かしらの苦悩で自殺でもしてヴァンデラになったのではないか、という話だ。あり得ない話でもない。苦悩に満ちた人間が発作的に自殺をしてヴァンデラになる。分かりやすい筋書きだ。でも、冴昼はそうじゃない。あの日、彼は雪を見に行っただけだ。自殺願望なんて無かった。少なくとも、要の観測範囲には。

「ちなみにヘルヴィーとの最後の会話は何だった?」

「え? えっと、ヘルヴィーが何かの講演会を聞いてくる、とかなんとか」

「そうか」

別に雪がトリガーというわけでもなさそうだ。講演会が雪の日であった可能性については考えないことにする。

それから美見川はしばらく黙っていた。どのくらい経っただろうか。美見川が不意に口を開く。

「ヴェヴァラサナって言葉を知ってますか?」

「……何語?」

「ヘレロ語です。まあ、私もヘルヴィーから教えてもらったんですけど」

美見川はつらっとそんなことを言って、試すように要の方を見た。ヘレロ語が何処の言葉であるかすら分からない。そもそも、そんな言葉が実在するのかすらも。ヘレロ語という未知の言葉の影を支えるのは、目の前にいる彼女の切実な目の色だけだった。

「……で、どういう意味？　それ」

「『遠く離れていても分かり合っている』」

言葉の意味がすぐには取れなかった。連なる十六文字の全てが『ヴェヴァラサナ』なのだと気づくまでに数秒かかった。

「凄い言葉ですよね。この狂おしさの全てが単語になる。馬鹿なことを言いますけど、この言葉を生み出した人は、もしかしたらヴァンデラだったんじゃないかと思うんです」

一拍の痛切な間を置いて、美見川は続ける。

「あるいは、ヴァンデラを追いかけた誰か」

その時、要は唐突に気がついた。美見川は随分切実にヘルベルチカのことを追いかけている。ヴェヴァラサナの美しい響きだけでは満足出来ない程度には、この終わらない彷徨に身を窶《やつ》す程度には。

辛《つら》くないのか、とは尋ねなかった。そんな分かりきったことを聞くまでもない。その代わりに、要は言う。

「とにかく、次の転移が起こるまで問題無く過ごせればそれでいいはず。ヘルヴィーは二日後には転移する予定だろ？」

「そうですね。まあ、日にちは前後するかもしれませんが……それまで穏やかに過ごせればいいんですけど」

「穏やかに……。美見川さんはヘルヴィーと元の世界に帰りたいとは思わない？」

その時、美見川の顔に微かな緊張が走った。ひく、と小さく喉を鳴らしてから、彼女が薄く笑う。

「……帰りたいですよ。出来ることなら。でも、どうしたらいいか分からなくて。だから、とりあえずヘルヴィーが無事で、私がそれを追えるようなら、それでいいんです」

一瞬見えた緊張はその笑顔に覆《おお》い隠《かく》されてしまった。解決策が無い以上、諦念混じりの現状維持を選ぶのは不自然じゃない。けれど、さっきの妙な表情と、未だ消えることの無い目の奥の炎が気になった。ややあって、美見川が続ける。

「……あの、呉塚さん。子規さんの腕を切るって話、本気ですか？　それで転移するかどうか試すとか……」

「まさか」

真面目に尋ねる美見川に対し、要は珍しく笑ってみせた。

「流石に最初は指から切る」

結論から言うと『転移の日まで穏やかに過ごす』というささやかな願いは叶わなかっ

た。この会話をした翌日、全てがひっくり返るような出来事が起きた。

ヘルベルチカ・ミヒャエルスが殺されたのだ。

2

その日の昼過ぎ、ヘルベルチカはホテルの非常階段から何者かに突き落とされ、地上数十メートルからホテルの裏路地まで真っ逆《まっさか》さまに落下した。頭から落ちた彼女はあたり一面に血と脳漿《のうしょう》を飛び散らせ、美しい砂色の髪を血で濡《ぬ》らして即死した。

――らしいのだが、目の前に座っているヘルベルチカにはそんな様子は欠片も見られない。失われたはずの砂色の髪も藍色《あいいろ》の目も、先日と変わらずそこにあった。加えてここはいつも通りのカフェの、最初に来た時と同じ席だった。「死んでしまいました。ほんの四時間ほど前の話です」と言う本人の姿も含めて悪い冗談のようだった。

澄ました顔のヘルベルチカが、例の〝残照〟を放っていなかったら、とても信じられない話だった。

「会ったら確実に驚かれるだろうから、二人には先にお伝えしておくことにしたんですが」

「正直、ヘルヴィーに呼び出される前からホテルでは噂《うわさ》になってたよ。人が死んでこんなに騒ぎになるのは珍しいんじゃない？」

何がおかしいのか、冴昼はそう言ってけたけたと笑った。そんな冴昼を肘で小突きながら、要も思う。今回は先日の事故とは違って、そこそこホテル内がざわついていた。特に支配人である平賀のうろたえぶりは酷いものだ。ヘルベルチカが『審査員』だと考えているからの動揺もあるかもしれない。

だが、それだけというわけでもない。

「犯人が出頭していないから、こんなに騒がれているんだろう」

「え、ヘルヴィーって誰かに殺されたの？」

「ああ。何しろ死体が移動してた」

ヘルベルチカが落下した位置は、ホテルに面した裏路地の丁度真ん中だった。非常階段との位置取りを考えても、飛び散ったヘルベルチカの中身を考えても、その場所で間違いないらしい。

けれど、ヘルベルチカの死体が実際に見つかったのは、裏路地から一本右に入った通りだった。彼女の死体は奥まったゴミ捨て場で、ゴミ袋の山に埋もれていたらしい。そして、ゴミを捨てにきたホテルの従業員を卒倒させた。ただ落下しただけなら、死体は動かない。

「じゃあ、ヘルヴィーを殺した人間が死体を移動させたってこと？」

「ああ、普通に考えればそうなるな」

そう言って、要は目の前のヘルベルチカに目を向けた。

「で、実のところはどうなんだ？　ヘルベルチカさん」

「ああ。私は誰かに突き落とされたんだ。煙草を喫《す》っている時に」

「なるほど」

頷きながら、要は思う。なんて便利な仕組みだろう。素晴らしい。向こうの世界じゃこうはいかない。微かな痕跡や乏《とぼ》しい証拠からどうにか死者の声を聞くしかない。けれど、ここではそんなことをする必要も無いのだ。何故なら、被害者本人がこうして話してくれるのだから！

「犯人の姿は見た？」

「いや、後ろからいきなり突き落とされたから……。死んでからは『戻り橋』に転送されて。犯人が死体を動かしたって話も後で警察から聞きました」

およそ正気ではない時間軸だが、訝しむ余地も無い。

「警察も不思議がっていましたよ。どうして犯人はたかが殺人で素直に出頭してこないのかって。死体を隠すのも普通じゃない。さっさと自首してしまえば、大した罪にもならないのにって」

相変わらず受け入れがたい話だ。不可解に思っているポイントが警察と自分たちでまるで違う。人を殺してしまったことに、たかがの枕詞《まくらことば》が付く世界だ。口の中に苦いものが広がるのを感じながら、要は浅く息を吐いた。そして、もう一度常識をこちらにチューニングする。

「何でわざわざヘルベルチカさんの死体を隠そうとしたんだ？　確かに、警察の言うことも尤もだ。ここでは殺人なんて大した罪じゃない。極地開発にでも志願すれば一年程度で戻ってこられる。あるいは志願しなくたって二、三年だろ？」

「……私には分からない」

「あるいは、犯人が移動させたわけじゃないのかもしれない。その場合、死体の第一発見者が移動させたことになるんだろうが、その人間がどうして通報しなかったのかも分からない」

「さあ、あまりに私のザマがグロテスクだったからかもしれません。少なくとも昼時に見せたいものではない」

ヘルベルチカは小さなカップを前に、溜息混じりで言った。死者に供えられる小さなブレンド。薄く放たれている残照も、小さなカップも、ヘルベルチカの死を証明している。ともすれば忘れてしまいそうなその事実を裏付けてくれている。

「犯人、何処にいるのかな」

「さあ、恐らく通り魔的な犯行でしょうから。自分で言うのもなんですが、私が殺される理由なんか無いでしょう？　何しろこの街に来て殆ど経ってない。余所者《よそもの》が疎《うと》ましかったにしろ、この街で殺したって幽霊になるだけなんだから」

その点もヘルベルチカの言う通りだった。この世界で怨恨による殺人が殆ど存在しない理由も、その無意味さに尽きる。殺してもすぐに戻ってきてしまう相手を殺したって、奇矯な腹いせにしかならない。

「だから、動機なんて無いでしょう。もしかすると私が非常階段にいるのを見て邪魔だったから突き飛ばしたのかもしれない。あそこは結構狭いですし」

「……なるほど」

何ともおかしな事件だ――と、要は思う。それも、この世界だからこそ奇妙だ。

この世界で殺人は大した罪にならない。事故であれば尚更だ。なのに、犯人は出頭してこない。それなら意図的に殺したのかもしれないが、死者が戻ってくる世界では命の価値が違うのだ。

興味深いのは、ヴァンデラであるヘルベルチカも戻り橋から蘇ることが出来るという事実だった。不幸中の幸いと言ってもいいかもしれない。本来なら、こうしてヘルベルチカと話すことはもう二度と叶わなかったはずなのだ。この世界の住人では無い彼女も、戻り橋の支配下にある。それは根幹を揺るがす発見だった。

問題は、この街で死んだヴァンデラはどうなるのかということだった。その残照を引き摺りながら、ヘルベルチカはまた転移をするのだろうか？

「いずれにせよ、死んでしまったものは仕方が無い」

そう言って、ヘルベルチカは流れるように煙草を咥《くわ》えた。火を点けようとした手が止まる。そして、彼女は珍しく照れたような口調で「子規さん、『供えて』もらえますか？」

と言った。

「どうすればいい？」

「火を点けてくださるだけでも」

冴昼は言われるがまま、ヘルベルチカの咥えた煙草の先に火を点ける。その段階を踏んでから、ようやく彼女が最初の一口を喫った。

「それも食べ物にカウントされるんだね」

「食べ物というか、身体に入るもののカウントみたいですね。これも感覚的なものですけど。すぐに出すのに」

「それは減るんだな」

短くなっていく煙草を指して、要が言う。

「煙草は火を点ければ灰になっていくものですから。ブレンドとかと同じだったら節約出来たのに」

「ヘルヴィー、概念的な食事ってどんな感じ？」

冴昼が興味津々に尋ねると、ヘルベルチカは小さなカップを突きながらううん、と小さな唸《うな》り声を上げた。

「一口には言いづらいですね。チョコレートパフェを食べるところを想像してくれますか？　味まではっきり。一言で言えばそんな感じです。ただし、幽霊の時の方がそれに対する想像力が高い」

「分かるような分からないような」

「私の方も分かるような分からないような」

ヘルベルチカの手にある煙草は随分短くなっていた。ジジジ、と燻《くすぶ》るような音を立てる。なのに彼女は、熱そうな素振りすら見せない。

「少なくとも手間は掛かりますよ。一々供えてもらわなくちゃいけないのを考えると、愛《いと》しのセブンスターともお別れかなと思います」

その時、冴昼が小さく手を挙げた。

「あ、俺一つ思いついたかもしれない。ヘルヴィーが殺された理由」

「へえ、お聞かせ願えますか？　名探偵」

「禁煙」

「あっはっは」

ヘルベルチカは生きていた時と同じ、軽やかな笑い声を立てた。自分が死んだことすら笑えるのは、ある意味とても幸運なのかもしれない。この世界でなければ、ヘルベルチカは自分の死について語る口すら持たなかったのだ。

けれど、いくらこの世界であろうとも、生者と死者は明確に分かたれている。元々がこの世界の住人ではないヘルベルチカの場合は特にだ。

意を決して、要は口を開いた。

「……美見川さんにはこのことは？」

「まだ伝えていません。ミミは今日朝から買い物に出ていて。……朝食を摂るとさっさと行ってしまった。もうすぐ六時を回りますし、戻ってくると思うんですが」

「珍しいね。ヘルヴィーとミミさんが別行動なんて」

「まあ、そこは私の所為でしょう。転移のことについて話していた時に、少し食い違いがあったんです」

深くは語らず、ヘルベルチカはそれだけ言った。要の脳裏に一瞬だけ怨恨殺人の文字が浮かぶ。

「もしかしてそれでミミさんが怒って殺したんだったりして」

「冴昼、お前のそういうところはよくないと思うぞ。分かっててやってるところも含めてだ」

「その意味で言うと、ミミに私を殺す動機なんて更に無いですよ。そのつもりならミミは私と永遠に決別出来るんですから。——私を追ってきさえしなければ」

完全に焼け落ちた煙草が、ヘルベルチカの指からぽとりと落ちる。燻る灰がテーブルに落ちて、小さな音を立てた。

そんなヘルベルチカの様子を見ながら、要は密かに迷う。本当に話したかったのは、こんな馬鹿げたミステリーの話じゃない。夕焼けの中で黄泉《よみ》の国の話をしていた彼女は、ヘルベルチカが本当に死んだことを知ってどう思うのだろう？

「そうか。じゃあミミさんが殺す理由も無いか。本当に通り魔的犯行かな」

冴昼の言葉で意識が引き戻された。この事件には犯人が存在する。それが本当に通り魔的犯行だったとすれば、次に狙われるのが子規冴昼であるかもしれないのだ。

「……実は、犯人通り魔説についても噂になってることが一つあるんだ」

「噂?」

「ヘルヴィーさんが殺されたことがこれだけ話題になってるのには理由がある。実はもう一人、通り魔に殺されたかもしれない男がいるんだ——」

要がその続きを話すより先に、小さく息を呑む音が聞こえた。それに合わせて、ヘルベルチカの目がそちらの方に引き寄せられる。

「ヘルヴィー」

再会の時とは全く違う、悲愴な声だった。唇を噛み締めた美見川は、今にも倒れてしまいそうに見える。

「……ミミ、ごめん」

ヘルベルチカはそれだけ言った。

その瞬間、美見川の目からぼろぼろと涙が溢れてきた。ぐ、と彼女が喉を詰まらせるのを見て、要と冴昼はどちらともなく席を立った。

こういう時に掛けるべき言葉が、要の中の何処にも見当たらなかった。何せ、あれが自分だったら、と思うと耐えがたい。

そして要はすぐに決意した。冴昼に「少し待ってろ」と言ってからフロントに行き、平賀にとあるお願いをする。平賀は終始不思議そうな顔をしていたが、手段は選んでいられなかった。ヘルベルチカが殺された今、恐らく猶予はそう長くない。

「あれ、ドアが開かない」

十二階に戻った冴昼は、ドアノブを鳴らしながら不思議そうにそう呟いた。

「そこはもうお前の部屋じゃないからな」

え、と冴昼が言うのに合わせて、要が斜向《はすむ》かいの部屋の扉を開けた。そして言う。

「部屋は変えた。今日からはこっちのツインルームに移動する」

「え⁉　俺の荷物は？」

「さっき全部移動してもらった。こっち来て確認しろ、全部あるはずだ」

事も無げにそう言うと、要はさっさと中に入ってしまった。冴昼は慌てて要の後を追ってきたが、冴昼の荷物は全て揃って新しい部屋に移されていた。手際の良さも部屋の広さも大変よろしい。心なしかシングルルームよりも設備だって良さそうだ。

けれど、気にしているのはそんなことじゃないらしい。珍しく狼狽《ろうばい》した様子で冴昼は言う。

「何でいきなり部屋変更なんて……」

「お前の危機管理なんて信用出来るか。これからは俺が監視する。さっきだって部屋の鍵かけてなかっただろうが。あの隙に誰かが毒盛ったり爆弾仕掛けたりしてるかも分からない」

「そんな常在戦場みたいな意識ある？」

「無かったのが問題なんだ。これからは所用だろうが何だろうが絶ッ対に一人では行かせない」

言いながら、要は自分の温《ぬる》さに歯噛みしていた。こんなことが起こるだなんて想像もしていなかった。今までの要は、来るべき転移の瞬間にいかにして子規冴昼を連れ帰るかだけを考えていた。けれど、それだけではいけない。四六時中見張っていないと、冴昼だってヘルベルチカのように殺されてしまうかもしれない。本当はもっと早く気づかなければいけなかった。人間は死ぬのだ。

「待って、ヘルヴィーが殺されたからこんなに警戒してるってこと？　大袈裟だな」

ベッドに腰掛けながら、冴昼は呆れたようにそう言った。けれど、要は殆ど摑みかからんばかりに返す。

「こうなったら誰だろうと信用出来ないだろ。ここは危険だ。もう下手に何か飲んだり食べたりするなよ。これからは俺が逐一調べる。絶対に一人になるな。出来ることなら転移するまでこの部屋から出るな」

「いきなりハードルが高すぎない？」

「いいか？　他の人間がどうなろうと知ったこっちゃないが、俺たちにとっては死活問題だ。ここで殺されてみろ、幽霊になったら十中八九元の世界に戻れないぞ」

勿論、残照を放つヘルベルチカが明日になって忽然と姿を消す可能性も無くはなかった。けれど、どういうわけだかそんな場面が想像出来ない。ヘルベルチカは戻り橋を渡ったのだ。この世界のルールの極致に足を踏み入れてしまった。輪郭を縁取る光を見た時、要は明確に実感した。

彼女は既に彼岸の住人だった。ああなってしまえば取り戻せない。死んでしまったヘルベルチカを見た美見川の表情。要は思う。……あれに自分を重ねるわけにはいかない。絶対に。

「お前を死なせるわけにはいかない。だから俺は最善を尽くす。……真面目な話、お前だってここで死ぬだの殺されるだのはごめんだろ?」

「まあ、殺されるのはごめんかな」

要の内々の焦燥を余所に、冴昼は他人事のようにそう言った。

「一体何でヘルベルチカは殺されたんだ? 本当に事故なら何で犯人は名乗り出ないんだ? 殺人だとしたらどうして彼女が殺されるんだ? まさか、ヴァンデラを狙った殺人じゃないだろうな」

「考えすぎじゃない?」

「何しろこの世界のヴァンデラの五十パーセントが殺されてる計算になるからな。警戒もする」

「数字のマジックを俺相手に使わないでよ」

恐々とする要に対し、冴昼は暢気にそう言って笑った。

「笑い事じゃない。犯人の意図が分からなければ対策もたてられないんだからな。ヘルベルチカ殺害の犯人が捕まるまで、それこそ生きた心地がしない」

「実際、解決の糸口ってあるのかな？　ヘルヴィーは犯人の顔を見てないって言ってたし」

「無いことも無い」

　要は神妙な顔つきでそう呟いた。

「さっき言いそびれたが、もう一人死者が出てるんだ。今日の昼過ぎに」

「ヘルヴィーが殺されたのと同じ頃に？」

「正確に言うなら少し後だな。車を運転していた男が、ハンドルの操作を誤って海に落下したんだ。車の引き揚げはされてないが、戻り橋から戻った男が事故を申告して発覚した」

「本人から事故のことを知らせてもらえるのは便利だね」

「男はうっかりしていたのだと供述しているが、開けた場所で男はどうして操作を誤ったのか？　と警察は訝しんでいる」

「本人が事故って言ってるのに？」

「事故だと思っているだけなんじゃないか、っていうのが警察の見解なんだよ。例えば一服盛られて具合が悪くなり、それで事故を起こしたのかもしれない。三年前、これと似たような事件が実際に起きたんだそうだ。不滅の街の殺人愛好家が、無差別に他人に自死用の毒を飲ませた事件がな」

この世界では、自死用の薬物が簡単に手に入るようになっている。それは生者たちが苦しみ無く死者になる為に必要なものなのだ。だからこそ、それを使って殺人を行うというのは、相当な衝撃を与えたらしい。

四十三人を殺し、殺人罪でありながら百年超えの刑期を言い渡された彼は、今では海底基地にて極地開発を行っているらしい。そして、その傍ら自叙伝を書き、新聞の一面を賑わせた。モラルの問題はさておくとして、このことから要が学んだのは、幽霊が当たり前のこの世界でも快楽殺人鬼は存在しうるということだ。

「そういう手合いの快楽殺人鬼は無差別に生者を狙うのかもしれないだろ。この世界の生者率は約二割。そんな中で、俺たちは格好の餌食《えじき》だ」

そして、実際にヘルベルチカが狙われたのかもしれない、と要は心の中で言い添える。ヘルベルチカは非常階段から突き落とされたと言っていた。けれど、そう簡単に人が突き落とされたりするだろうか？　ヘルベルチカは女性にしては背が高い方だ。そんな彼女が踏みとどまれないものだろうか？

――ヘルベルチカが落下したのも、誰かに毒を盛られたからじゃないのか？

死んでしまったヘルベルチカは、その時の具合の悪さを忘れてしまったのかもしれない。勿論、これらは全て推測だ。けれど、あり得る推測だった。こうなってくると、事故にあった男とヘルベルチカが同時に毒を飲まされた可能性だってある。

だとしたら何処でだろうか？　ヘルベルチカとその男の接点とは何処にあったんだろう？

その時、枕と戯《たわむ》れていた冴昼が思い出したように口を開いた。

「それにしても、少し不審なことがあったにせよ、死亡事故がそんなに注目されるのも不思議じゃない？　この世界では人が死ぬなんてそう大きなことじゃないはずなのに」

「死んだ人間が少しばかり特別だったんだ」

「特別？」

これもまた何かしらの因縁《いんねん》なのかもしれない、と要は思う。

「……死んだのは野崎公康。覚えてるだろ？　政府から出産の権利を得て、今度子供が生まれることになっている特別な生者だ」


ヘルベルチカが殺された翌日の昼近く、要はカフェで新聞をチェックした。野崎公康の死亡事故は新聞の一面で報道されている。鉄骨による死亡事故よりも格段に大きな扱いだ。

尤も、そこに書いてあるのは野崎公康に降りかかったことがいかに不幸で不運な出来事だったかというプロパガンダであって、その事故に不審なところがあったなどとは微塵《みじん》も書かれていなかった。

この地域では珍しい『父親』が、子供の誕生を前に死んでしまった悲劇。奥さんのお腹《なか》の中ですくすくと子供が育っているのを思えば、父親が生きていようが死んでいようが関係無い気もするのだが、このあたりはまた別のお話なのだろう。

記事の後半には、死んだ後の野崎公康に行ったインタビューまで載っていた。死んだ本人が『この度は皆さんにご迷惑をおかけしまして』と言う光景がなかなかにシュールだ。

写真の中の野崎公康からは残照が見えない。人の良さそうな顔も手首につけた赤いミサンガも生きている頃と同じだった。これじゃあ本当に分からない、と要は憮然とした面持ちで思う。

対するヘルベルチカの方は小さな記事に纏められていた。非常階段から突き落とされた不幸な女性。それ以上でもそれ以下でもない。犯人が捕まっていないこともあって、そうそう書くことが無いのだろう。ただし、彼女の記事は通り魔の可能性とそれに対する注意喚起で締められていた。二割しかいない生者に対する短い警告だ。

「要、新聞読んでるところ申し訳ないんだけど」

「どうした」

「流石にここまでする必要ある?」

炭酸水のペットボトルを振りながら、冴昼は呆れたようにそう言った。冴昼の前にはパッケージングされたマフィンとワッフルが並んでいる。

「服毒って言ったらコーヒーに何か入れられるのが一番多いだろ。食べ物もパッケージングされてるもの以外は絶ッ対食うなよ」

「別にご飯食べてる時に席立ったりしないよ」

「席立ったりしなくても毒入れられる場合があるだろ。お前が目逸らした隙に向かいに座ってた人間が毒入れるとか」

「ちょっと待って、俺って要のことも警戒しなくちゃいけないの？」

「俺が本気でやるなら警戒したって無駄」

要は袋入りのワッフルを齧りながら、つまらなそうにそう言った。朝食をカフェで摂るのは仕方無いにしても、これからの食事は全て外で袋入りの菓子パンでも買うつもりだった。街は死者用のサイズの食べ物で溢れているから出費は嵩《かさ》むだろうが、安全ではある。

そうまでして警戒している一方で、通り魔の矛先が本当に冴昼に向かうとも思っていなかった。この事件は何かがおかしい。不死の街で死んだ——殺された？　二人の死者。もしかすると片方は本当に事故なのかもしれない。それにしても、ヘルベルチカの方は……。

「相談があるんだけど」

炭酸水を半分ほど飲んだあたりで、冴昼はそう口を開いた。

「何だ。どうしてもコーヒーが飲みたいなら元の世界に帰ろうな」

「ヘルヴィーを殺した犯人、見つけられないかな」

その言葉を聞いて、要の反応速度が少しだけ遅れた。

「失踪する前、子規冴昼は霊能力で事件を解決してきただろう？　なら異世界でだって同じことをやっていいんじゃないかな。それに、要だって犯人の動機が分かれば安心するでしょ？」

正直なところを言えば、拒否してもいい案件だった。今回は、冴昼に冤罪が吹っ掛けられているわけじゃない。確かに引っかかるところはあるけれど、ここで大切なのは子規冴昼の安否だけだ。他のことと秤《はかり》にかけてもいられない。

それに、麗しき三年前、子規冴昼が霊能力者として活躍していた頃、冴昼は自分から探偵の役を引き受けようとはしなかった。それが、どうしたことだろう。誰一人その役目を子規冴昼に求めない異世界で犯人を捜そうなんて！

要の脳裏にかつての子規冴昼が過る。確かに子規冴昼だったら、このくらいの事件ならスポットライトの下で解決してみせていたかもしれない。そう思うなり、要は迷い始めた。果たしてどちらが子規冴昼として正しいのだろう？

「それに、今回は今までとは少し違わない？」

「死者の声を本当に聞けるところか？」

「いいや、被害者が友達なところがだよ」

冴昼はいつになく真面目な顔でそう言った。普段は常に微笑を浮かべているその顔が余裕無く張りつめている。珍しい表情をまじまじと見つめていると、本来の自分を思い出したのかようやく笑ってみせた。

「死者の証言を聞くなんて、子規冴昼が飽きるほどやってきたでしょ？」

その一言でもう駄目だった。だって、これは要の理想の子規冴昼の像じゃないか。今回は少し名探偵の色が強いけれど、その自主性は好ましい。結論から言うと魅力的だったので絆《ほだ》された。

要は溜息を吐いて「分かった」と返す。元より要は行動が早い。腹を括ればやるべきことを数え上げるだけだ。

「……しかし資料が少なすぎるな。ヘルベルチカが突き落とされた非常階段は勿論、このホテルは廊下にすら監視カメラが無い。件の通り魔の姿は影も形も無いわけだ。肝心な警察も、殺人程度じゃまともに捜査もしないらしい。とっかかりがないわけだ」

「『殺人程度』ねえ」

「万引きで捜査本部が立たないのと同じだな。赦しがたいは赦しがたいが度合いが違う」

警察は勿論、ホテルの関係者たちも、探りを入れる要に不思議そうな目を向けていた。どうしてたかが人死にくらいでここまで目の色を変えるのか、といった感じだ。昨日起きたばかりの殺人事件なのに。その温度差に未だに慣れない。

「だから難しい。全く、ヘルベルチカが非常階段で煙草なんか喫っていなければな。あれじゃあ殺してくれって言ってるようなものだろ」

「え、じゃあ……実はヘルヴィーが犯人と共謀して殺してもらったとか」

「いや、それは無い。わざわざ殺される必要が無いだろ。自殺すれば済む。どうやらここでの聖書はベストセラーじゃないみたいだからな」

「そっか。あ、じゃあヘルヴィーが単に自殺したって可能性は？」

「ならどうして死体を隠したりしたんだ？　別にそんなことする必要無いだろ。どうせ霊体になって戻ってきたら死んだことはバレるんだから」

自殺するのが怖くて手伝ってもらった、というのも考えられなくはなかったが、それならわざわざ転落死を選ぶ必要も無い。突き落としてもらったところで、地面に着くまでの数秒は筆舌に尽くしがたい恐怖だろう。だったらまだ毒を飲んだ方がいい。

こう考えると、やはりヘルベルチカは殺されたのだと考えた方が自然だ。

「何にせよ、ここの店員に聞きたくなるな」

「何を？」

「ヘルベルチカが何を食べたのか、あの時席を立ったのかどうかを」

「何で？　やっぱり毒殺魔？」

「それなら私に直接聞いてくれたらいいのに」

その時、揶揄《からか》うような響きの声が聞こえた。聞き違えるはずが無い。振り返るとそこには、微笑を湛《たた》えるヘルベルチカと、そんな彼女を肘で小突く美見川が立っていた。こんな失態は久しぶりだ、と要は心の中で思う。三年前の自分だったら、周囲に人がいる状態でこんな大事なことを話したりしなかっただろうに。

「何か気になることでも？　要さん」

内々《うちうち》の動揺をおくびにも出さずに、要もどうにか平静に返す。

た。


「……ちょっと、犯人捜しの方を」

「そういえば、冴昼さんは霊能力者でしたね。最初から犯人を霊視して頂けば良かった」

なかなか食えない表情を浮かべながら、ヘルベルチカは「……冗談ですよ？」と言った。

「ヘルヴィーさんは俺の霊能力を信じてないわけだ」

向かいに座っている冴昼は、気を悪くした風でもなく楽しそうにそう言った。

「私からしたら、推理力も霊能力も等しく超常的ですから。それで、要さん？　改めて聞いて頂いても？」

「ヘルベルチカさん、あの朝食べたものは？」

「あの朝はいつも通りのブレンドと、ＢＬＴサンドです。あの朝はまだ生きていましたから、生者用のものを。ミミも全く同じメニューを摂っていましたよ」

「ちょっとヘルヴィー、何でそういう言い方なわけ……」

何処か気まずそうにそう呟く美見川を余所に、彼女はなおも続けた。

「一体どうしてメニューを？」

「単刀直入に言うと、俺は今回の事件は、通り魔による毒殺だと睨んでいます。あなたは女性にしては背が高いし、そうそう簡単に突き落とされそうにも見えません。だから、まず初めに服毒があって、それが原因で落下したんじゃないかと」

「なるほど」

ヘルベルチカは薄く微笑んだまま頷いた。

「それで？　食事の最中に席を立ちましたか？」

「前回も言いましたが、ミミと多少言い争いになりまして。席を立ったミミを追いかけたんです。入れられたとしたらそこでしょう」

殺された被害者とこうして言葉を交《か》わせるなんて、なんて便利なんだろう。それなのに、要は薄ら寒さを感じていた。この違和感の出所は何処にあるんだろう？

「……美見川さんと別れた後はそのまま朝食を？」

「私の方も平静じゃありませんでしたから、少し食べて残してしまいました。そして部屋に戻って時間を潰して、煙草が喫いたくなりましたが、喫煙室に行くのが面倒でつい非常階段に」

「何か体調に変化はありましたか？　それこそ毒を盛られたみたいな……」

「実際、よく分かりません。結構強い力で突き落とされましたから。見てもらえば分かりますけど、あそこの非常階段は私の腰の少し上までしか手摺がありません。押されれば簡単に落下してしまう程度の高さでした」

ヘルベルチカは淀み無くそう答える。被害者と話しているはずなのに、まるで容疑者と話をしているかのような緊張感があった。要にとって、あるいは子規冴昼にとって、死者の声は自分たちで作り出すものだった。こうして〝本物〟と相見《あいまみ》えるのは初めてだ。

「戻り橋からは真っすぐにホテルへ？」

「勿論……いや、近くの店で煙草は買いました。その時は煙草まで喫えないなんて想像していなかったから」

「なるほど……」

「何なら、みんなで実際に見に行きますか？　戻り橋はここから歩いて行けるところにありますよ」


ヘルベルチカの言う通り、戻り橋はホテルから二十分もかからない街の中心地にあった。戻り橋の周りにはアクセサリーショップやカフェが多く建ち並び、独特の空気感を作っていた。

「まるで街が元々戻り橋を真ん中に据えて作られたみたいですね」

地図を確認しながら、美見川がそう呟く。地図の中心に描かれているのも、当然ながら戻り橋だ。放射状に広がる街の図を見ながら、位置取りを確認する。戻り橋からホテル・エンネアの方角へ指を滑らせると、その先には埠頭《ふとう》があった。野崎公康が事故を起こした場所だ。

「どう？　何か面白いものは見つかった？」

「別に。……このあたりのカフェは、戻り橋から戻ってきた人間との待ち合わせに使われてるんだろうな。ならアクセサリーショップは？　どういうわけだかこの近くには多い。というかこのあたり見渡す限りそういう類の店かカフェしか無いぞ。コンビニすら無い」

加えて、市場自体がスロースタートなのか、午後からの開店準備を始めている店も多かった。畳んでおいた看板を立てて、日除《ひよ》けを開く店員の姿からは残照が溢れ出していた。死んだ人間がカフェをやる世界、と改めてそれを奇異に感じる。

「ああ、それは戻り橋由来なんですよ。実を言うと、死者はアクセサリーを持ち越せないんです」

そう言いながら、ヘルベルチカが淡い砂色の髪を耳に掛けてみせる。そこにはぽっかり穴の開いた耳朶《じだ》があった。

「服はその人の魂を形作るが、装飾品はそうじゃないってことなんでしょうかね。服は持ち越せたのに、ピアスの方は持ち越せませんでした」

「死体の方に残るのか。……なら余計アクセサリーショップなんか繁盛しなさそうだけど」

「戻り橋の不思議なルールの一つですよ。銀の……シルバーのアクセサリーは持ち越せるんです。だから、このあたりはアクセサリーショップが多いんですよ。不滅の銀を売る店で」

「なるほど……」

いつか通るだろう、あるいはかつて通っただろう戻り橋を見ながら、銀のアクセサリーを買う客たちの感情は、何となく要にも想像出来た。

というのも、その中央に堂々と架かった戻り橋が、独特の存在感を放っていたからだ。

『永遠』というものが形を取るとしたら、こうなるのだろうという存在感を。

見た目だけで言えば案外普通の橋だ。朱塗りのそれは造形こそ美しいものの、要の知識にある橋とそう変わらない。

ただ、奇妙なことにこの橋の向こう側は霧のようなものに阻まれてよく見えなかった。橋の長さを考えれば見えない方がおかしいはずなのに、どんなに目を凝らしても向こうの景色が分からない。それが得体の知れなさを助長する。

「これ、向こうに逆走しても大丈夫なのかな？」

そう言うより早く、冴昼が戻り橋を渡っていく。

「ちょっ、お前待てって！」

「大丈夫、まだ俺生きてるんだし」

暢気にそう返す冴昼を追って、要も恐る恐る戻り橋へと足を踏み入れる。そして、前にいる冴昼の肩をしっかり摑みながら、一緒に先へ進んだ。戻り橋は木材特有の軋《きし》みを上げる。

そうして数秒が経つ頃には、この橋の異常性に気がついた。

「もう結構来てるのに、全然向こう岸に着かない」

要はそう言いながら、ゆっくりと後ろを振り向いた。そこには変わらず橋のたもとがあった。さっきと少しも変わらない距離に、ヘルベルチカが立っている。

「……なるほど」

もういい、と思いながら、冴昼のことも無理矢理引き返させる。もういい。もう十分だ。

「私も戻ってくる時に試してみたんです。でもまるで駄目だった。戻り橋の向こう側にはどれだけ歩いても辿り着けない。諦めなかったら、私は回し車に乗せられたハムスターよろしく戻り橋に閉じ込められていたでしょうね」

そう言いながら、ヘルベルチカはにやりと笑った。

「それで、要さんはこれからどうするんですか？」

相変わらず、ヘルベルチカは何処か面白がっている風だった。自分が被害者である殺人事件の捜査は、なかなか味わえない経験だろう。ややあって、要はゆっくりと返す。

「……まだ調べるよ。出来ればもう少しちゃんと」

「なるほど」

それにしても、ヘルベルチカと話すのは妙な緊張感があった。彼女が死者になってしまったからだろうか？　彼女はこちらを見定めるような目をして、要の何かを測っているようだった。

「解決する自信はありますか？」

「解決するよ」

要ははっきりと言った。

「凄いですね。本当に解決出来たら名探偵だ」

「いいや、探偵なんておこがましい。俺が求める解決は真相が明らかになって犯人が裁かれることじゃない」

そう言いながら、要はスマートフォンを取り出した。自分の求める解決に向かうべく、とある相手にアポを取る。そんな彼に対し、ヘルベルチカは尋ねる。

「なら、要さんの求める解決とは?」

「子規冴昼にとって最善であることだ」

*

午後三時。ティータイムにうってつけの時間だ。

何処かへ連絡をしている要を余所に、冴昼は戻り橋近くのカフェでミルクティーを飲んでいた。「ウチはこのミルクティーでこの激戦区のテナントを獲得したんですよ」と宣《のたま》う、店主自慢の一品である。そんなに言うなら、と注文したそれには、サービスなのか写真には無い生クリームとシュガーキューブが載っている。

本当は炭酸を飲みたかったのだが、売っているところがまるで無かった。供えるシステムが上手く機能しないからか、自動販売機すら無い。ロボットか何かが発展したら、自販機も隆盛するのだろうか。果たして機械の手は人の手と同じように『供え』られるのだろうか?

「お隣いいですか？」

その時、オレンジジュースを手に持った美見川が話しかけてきた。

「ああ、いいよ」

「お邪魔します」

小さく会釈をして、美見川が隣に座る。今日は帽子を被っていないので、彼女の目がよく見えた。少しして、彼女の口が開く。

「あの、子規さんと呉塚さんってどんな関係なんですか？」

どうやら、それが聞きたくて隣に来たらしい。ややあって、冴昼は言う。

「俺の凄いと思われる部分の大半は、実は要の力なんだよ。俺が出来ることは全部要にも出来る」

要が聞いたら怒りそうだな、と思って、思わず苦笑してしまう。

「だからね、俺は要のスプーンみたいなものなんだ」

「スプーン？」

「うん。スプーン曲げは見たことあるでしょ？」

そう言って冴昼は自分の指と指を擦り合わせた。

「身近で、みんなが硬いと知っているもの。それを曲げるからみんな驚くんだ。そうじゃないと、超能力がどれだけ凄いか伝わらない。俺は分かりやすく奇跡を伝える為の媒介に過ぎない。本当に凄いのは要の方だよ」

「でも、何というか呉塚さんってその……」

「変わってる？」

「変わってるっていうか……」

言い淀む美見川に対し、冴昼は一段声のトーンを低くして言った。

「そんな要の美徳を教えてあげようか？」

「美徳？」

冴昼は少しだけ目を細めてから、密やかに言う。

「要はね、異常に執念深いんだ」


在学中の呉塚要の印象は薄かった。

イメージといえば、冴昼の一学年下に所属する、暗い目をした陰気な男子大学生、でしかない。大学生なら多少なりお洒落に気を遣ったりする年頃のはずだが、要は必要以上に目立たないようにしているかのようだった。せめてその野暮ったい黒縁の眼鏡くらい変えたらどうだ、という意見すら断固として聞き入れなかった。

冴昼がそんな要を選んだ理由があるとすれば、それは要が何かをしたからではなく、何もしなかったからだ。不自然に空いた空白が、偶然何かの模様になった。ロールシャッハテスト染《じ》みた関係だ。

「だから、特別要が魅力的だったわけではないんだけど」

冴昼はそう前置きをしてから続ける。

「知り合って季節が巡って、春になって、新歓シーズンになった頃の話なんだけど。ウチの大学には性質の悪いサークルがあってさ」

「性質の悪いサークル？　飲みサー、みたいな？」

「そういう方向じゃなくて。確率遊戯《ゆうぎ》研究会ってところなんだけど、まあギャンブルの同好会だね。競馬とかパチンコとか」

「ギャンブルって日本語に直すと確率遊戯って言うんですか？」

「さあ、分からない。まあ、そのサークルがさ、新歓の時に新入生を引っかけるんだよ。ダブルトレイを知ってる？」

「知りません」

美見川がそう言うと、冴昼は擦り合わせていた指先からするりと一つのサイコロを出してみせた。

「これがダブルトレイ。所謂《いわゆる》イカサマサイコロの種類の一つだね。これは三の目が二つあるもの。これはクラップスってゲームで有利なイカサマサイコロだった。まあ、サイコロを使ったギャンブルにはそれぞれ対応したイカサマサイコロがあるってわけ。確率遊戯研究会は、新歓に出店しては新入生をカモにイカサマサイコロで稼いでた。とはいっても一ゲーム百円程度の話なんだけど、確率遊戯研究会は負けないし、極稀に超人的な運を持ってる奴が勝っても二百円を払って終わりだ。相当儲かってたみたい」

「騙された方はたまったものじゃないですよね」

「うん。たまったものじゃない。だから、要は確率遊戯研究会のブースに向かっていったんだ」

そんな要の姿を冴昼が目撃したのは偶然だった。要は新入生用の大学名入り布バッグを携えて、思い詰めたような表情でメインストリートを歩いていた。極限まで地味な外見をして、不倶戴天《ふぐたいてん》の敵を討つ時の目をしている。春の陽気に浮かれた学生たちの中で、そのアンバランスさは浮いていた。要のそんな様子に気づいているのが自分だけなことが信じられなかった。

何処に向かうのだろう、と思いながら後をつけていくと、要は確率遊戯研究会に戦いを挑み始めた。

「ゲームは相手が指定する形だった。ゲームがクラップスになるのかチンチロになるのか、あるいは丁半になるかは胴元の意のままだった。その時は三つのサイコロを振っての数字比べだったかな。彼らは四五六賽《さい》——高い目が確実に出るイカサマサイコロを使って、高い目を出す予定だった」

「それじゃあ、絶対負けるじゃないですか」

「でも、あの日の要は三つのサイコロで六を出してみせたんだ」

オーディエンスに混じって、冴昼はテーブルの上の青いサイコロを食い入るように見つめていた。六、六、六の面を出すそれらを前に、要だけが冷静だった。特に興奮する様子も無く「それじゃあ先輩方、どうぞ」と言った。確率遊戯研究会の面々は五・五・六という相当に良い目を出したが、それでも要には敵わなかった。彼らは要の強運を褒め讃え、二百円を渡して放逐した。

「どうやったの」

二百円をポケットに突っ込む背に向かって、冴昼はそう声を掛けた。要はそう誇る風でもなく「ローデッド・ダイス」と呟いた。

「重心が偏ってて、出る目が決まってるんだよ。だから六だけが出る」

そう言いながら、要はポケットから青いサイコロを三つ取り出して冴昼に放った。キャッチしたそれは普通のサイコロにしか見えなかった。随分精巧な細工だった。

「あそこのサークルは使うサイコロの色を変えてない。一年前のハイゲーム用のサイコロは青だった。だから、簡単に同じ色のを作れた」

「同じ色を、」

その後に何と続けていいか分からなかった。要は少しも笑うこと無く、ただ真っすぐに冴昼のことを見つめている。

「要は入学式の日に同じ賭けをして負けたらしいんだ」と、冴昼は懐かしむように言う。

「そして百円を取られた」

青いローデッド・ダイスを弄《いじ》りながら、冴昼はなおも尋ねた。

「でも、ゲームを指定したのはあっちだよね？」

そう言うと、要はポケットからなおもサイコロを出してみせた。赤いのもあれば緑のもある。当然のようにオーソドックスな白いサイコロもあった。遠目からだと仕掛けがよく分からないが、恐らくはそのどれもがイカサマサイコロだろう。要は予め全部のゲームに対応したサイコロを用意していたのだ。

「去年は、たかが百円のゲームだから、純粋な運試しだと思ったんですよ。だから勝てると思った」

要は苦々しくそう言った。

「そうしたら当然のようにイカサマで。新入生から百円を巻き上げるなんて信じられない」

「……だから取り返しに来た？」

「そうですよ。一年の利息で二倍になったから、これはこれでいいんですかね」

「そんな、預金じゃないんだから」

「帳尻《ちょうじり》を合わせたんですよ。百円は責任の分」

「何の責任だよ」

「まんまと預け入れさせられた責任を」

まるで過去の自分に詫《わ》びるかのように、要は言う。

たかだか百円程度の話だ。そもそもそういった種類のサイコロを集める方が費用が嵩むだろう。収支の面では完全にマイナスだろうに、要は満足そうに溜息を吐いている。

その頃の冴昼は、要を単なる後輩の一人としか見ていなかった。

けれどこの日、その認識は覆された。

この世界に特別な人間がいるとしたら、それは呉塚要のような人間だろう、と冴昼は思う。誰より賢く、執念深く、自分の決めたルールを譲らない。端的に言って、興味深かった。この男が求めるものは何なのだろうと、その行く先が気になった。

「まあ、無事に終わって良かったです」

要はそう呟くと、野暮ったい眼鏡を外して鞄に仕舞った。

「え、眼鏡。大丈夫なの?」

「ああ、これ伊達《だて》なので」

その時点で嫌な予感はしていた。別に気分を害したわけじゃない。ただただ恐ろしいと思ったのだ。「入学時の写真とか見せてもらっていい?」と言う冴昼の求めに、要は素直に応じた。

写真に写っていた人物を見て、一瞬誰だか分からなかった。

写真の中の呉塚要は、例の眼鏡を掛けておらず、明るく染めた髪を短く切り揃えていた。今より随分快活そうな姿だった。

それから冴昼は要に目を掛けるようになり、それなりに仲の良い先輩後輩として日々を過ごした。そして、冴昼はスペードの十七を引く。

要はこの話を『詐欺師は自分が騙されるとは思っていない』というありふれた教訓に回収していた。が、それで回収されてしまうほど短い糸ではない。浮かれた大学生どもにまんまと騙された呉塚要は、髪色を戻し眼鏡を掛けて足掛け一年でリベンジを果たした。相当悔しかった、というよりは『当然のことをした』という風であった。

でも普通の人間はその為に一年間も雌伏する覚悟を決めない。ああ、騙されたのだな、と思うだけだ。

話を聞いた美見川は呆けたように冴昼のことを見つめていたが、ふと我に返ったように首を振った。そして口を開く。

「正直なところを言っていいですか」

「いいよ」

「ちょっと気持ち悪いですね」

「いや、凄く気持ち悪いよ。でも、ここから分かるように、要は絶対に諦めない。それが美徳」

「自分の獲物を奪られたヒグマみたい」

ヒグマというのは言い得て妙だと思い、冴昼は笑う。

「ただ、これは確率遊戯研究会の方も偉いと思いますよ」

「偉い？」

「こうして一年後も変わらずイカサマをしていたからこそ、要さんの執念が実ったわけで。考えようによっては、確率遊戯研究会は要さんに復讐《ふくしゅう》されるのを待っていたとも言える」

美見川は真剣な面持ちで妙なことを言った。中心人物であるところの要が奇矯な存在だから、話もおかしい方向に流れていくのだ。

「復讐出来なかったら要さんも意気消沈してたかもしれない」

それを聞いた冴昼は、少しだけ驚いたような顔をする。そして、そうかもね、と呟いた。そのタイミングを見計らったかのように、要とヘルベルチカが現れる。

「ヒグマ登場」

「は？」

要は小さく首を傾げてから、真面目な顔で言った。

「野崎公康に会えることになった。事故の話を聞けるらしい」

「野崎さんの家、ここから結構遠いな」

「それについては問題無いと思いますよ」

同じように地図を覗き込んでいたヘルベルチカが、にやりと笑って地図の一点を指差した。光を反射する爪《つめ》の先が、レンタルバイク店を指し示す。

「私はバイクの免許を持ってるんだ」

誇らしげにそう言うと、ヘルベルチカは笑ってみせた。それに対し、要は苦々しく言う。

「それ、この世界でも使えるのか？」

この世界では、バイクで走る時にヘルメットを装着しなくてはいけない義務が無かった。考えてみれば当然の話かもしれない。

バイクを二台借りて、二手に分かれて乗る。この世界ではバイクの大きさに関係なく二人乗りも禁止されていない。元の世界がどれだけ死を恐れているのかが分かるようだった。

逆に言えば、向こうは一度死ねばおしまいの世界なのに、こんな不安定な乗り物をヘルメットだけで手懐《てなず》けようとしているのだ。

「俺だって免許持ってるのに、どうして要が運転するわけ？」

「お前の運転は信用ならない」

そう言って、要はエンジンをふかす。派手なエンジン音が怖いのか、美見川はヘルベルチカにしっかり摑まって震えている。

「ねえヘルヴィー、本当に大丈夫なの？」

「大丈夫だ。しっかり摑まっていろ」

砂色の髪が風に煽られて靡《なび》いていく。それを目印に、要の方も走り出した。


野崎公康の家は、大豪邸でもない慎《つつ》ましい家だった。それを見ながら、もしかして平賀が出産許可証をもらえないのは、こういったところの違いなんじゃないかとすら思う。こうしたいい意味での普通さが、選ばれるポイントなのかもしれない。

玄関先に出てきた野崎佳世も、写真と殆ど変わらない普通の女性だった。変わったところがあるとすれば、写真よりもずっと大きくなったお腹だけだろう。

「よくいらっしゃいました。夫は今……その、友人と話をしてるんですが」

「いえいえお気になさらず。突然お邪魔してしまってすいません。私、週刊現在の記者、子規冴昼と申します」

「同じく、呉塚要です。本日はよろしくお願い致します」

どうやら、バイクを使った所為で、想定より随分早く着いてしまったらしい。それなのに、野崎佳世は嫌な顔一つせず笑みを浮かべていた。

「いえいえ。あら、お二方ともまだ生きてらっしゃるんですね」

まるでそれが信用に値する唯一の証拠であるかのように、彼女が言う。

「事故のことはお気の毒でした。大切な出産前なのに……」

「母親だからでしょうか。それとも、他の皆さんに比べて生きている年数が短いからでしょうか。彼が死んだって聞いた時、やっぱりショックを受けました。人間なんていつか死ぬのに、おかしいですよね」

野崎佳世がそう言って軽く笑う。

「事故のことはよく知らないんです。新聞でもお話ししましたが、朝出ていって、そのまま死んだって聞かされて……。警察は不審なところがあるって言いましたけど、彼は事故だって言ってますし」

野崎佳世は歯切れ悪くそう言った。何か引っかかっている部分があるらしい。そこを見逃さずに、要は冴昼に合図を送る。

「奥さん自身はどう思われていますか？」

「どうって……。事故、でしょう。正直、こんな事故は珍しくもありませんし……。キャッシュカードや免許証を失ったのは痛いですが、そのくらいです。再発行に時間が掛かるからか、夫はかなり落ち込んでいるように見えますが」

この世界では、死ぬことよりも財布を失くすことの方が一大事なのだろう。本人が戻り橋から戻るより、再発行の方が骨が折れるのだ。

「あとは――」

野崎佳世が何かを言うより先に、家の奥から物音がした。誰かが言い合っているような声も聞こえる。

「誰がいらっしゃるんですか？」

「……武田兼吾《たけだけんご》さんという、夫の中学時代からの先輩なんですけど。長い付き合いだということは分かってるんですが……。その、武田さんには前科がありますから。何しろ八年も極地開発に――」

「八年？」

思わずそう口を挟んでしまった。殺人ですら一、二年の刑期だというのに、それを軽く超している。一体どれだけの人間を殺したらそうなるのか。まさか例の毒殺魔のようなことを？　と要は思う。

けれど、佳世から出てきた言葉は意外なものだった。

「……麻薬ですよ。使用どころか売買まで行っていたということで……初犯だからまだ八年で済んだんですが」

「麻薬で八年も？」

「軽いと思われますか？　でも本人も反省しているということで――夫も彼を弁護したんです」

野崎佳世が忌々しげにそう言った。そうじゃない、と要は思う。むしろその逆だ。それじゃあ、あまりに重すぎる。

「麻薬取引、は重罪ですからね」

「そうですよ。何しろあれは魂の殺人ですから。……隔離病院の方に取材に行かれたことは？　酷いものですよ。あんな風になることを考えただけで身が竦みます」

その言葉で、ようやく合点がいった。

不死の世界では肉体は滅びない。けれど、魂は麻薬によって滅びてしまう。だからこそ、人を廃人に変えてしまうような薬に関することはより一層悪なのだ。倒錯した論理のようでいて、筋が通っている。そんなものと野崎の間に繋がりがあるというのだろうか？

しかも、よりによってこのタイミングだ。事故で野崎公康が死んだばかりの時に、どうして武田兼吾はやってきたのだろう？

麻薬の罪。不自然な事故。この地区で初めての父親の記事。審査員詐欺。だとすれば、と要は思う。少しばかり話が変わってくる箇所がある。

少しだけ考えてから、要は口を開いた。

「一つだけお尋ねしてもいいですか？」

「はい、何でしょう？」

「新聞に載っていた野崎さんの写真——手首にミサンガを巻いていましたよね？」

「え？」

緊張した面持ちを見せていた野崎佳世が、一瞬呆気に取られる。そして、何処か照れ臭そうに笑った。

「あれは……お恥ずかしい話ですけど、私が出産祝いに編んだんです。無事を祈って。結婚指輪の代わりにしようと思ったんです。あの人、金属アレルギーだったものですから」

「綺麗に編めていると思いますよ」

「そう言って頂けると嬉しいんですけど。……夫もそろそろ武田さんとのお話が終わると思うので」

「その必要はありません。本当にありがとうございました」

要はそう言うと、冴昼を引き摺る勢いで、勢いよく外へ飛び出した。


「おかえりなさい、収穫はありました?」

玄関前で待っていたヘルベルチカが言う。

「まあ、それなりに。あとで共有するよ」

「奥に誰かいましたよね?　野崎さんじゃない男の人……。覗き見なんていけないと思ったんですけど。窓越しに黒いジャンパーを着た男の人を見たんです。男の人もこっちを見て。何か言われましたか?」

「いや」

恐らく、奥にいたのは件の武田兼吾だろう。何を話しているのかは分からないが、随分話し込んでいるらしい。その時、美見川が顔を曇らせた。

「あの……笑わないで聞いてもらえますか」

「笑わないよ」

「その人、ヘルヴィーを見た時、まるで幽霊を見た時のような顔してた」

「幽霊だからな」

ヘルベルチカが真面目な顔でそう呟く。


日が暮れてきたので、四人は一旦ホテルに戻ることになった。そのまま食事に向かおうとしたのだが、フロントの平賀が要を呼び止めてきた所為で思わぬ時間を食った。戻ってきた要に対し、冴昼が珍しく不満げに呟く。

「遅かったね。何話してたの？　あっちで焼き立てパン配ってるらしいから早く行かないと」

「いや。大したことじゃない。というかお前何普通に食べようとしてるんだ。パッケージングされてるもの以外食うなって言っただろ」

文句を言う冴昼を部屋に引き摺って行き、買っておいた製菓パンを押し付ける。そして要は一人考えを巡らせた。そうして二時間ほど経った後、要は不意に「事故現場を見に行きたいんだが」と言い出した。

「今から？　結構遠いのに」

「バイク借りっぱなしだから大丈夫だろ。ほら行くぞ」

要の言葉に、冴昼は素直に付いてきた。どれだけ突拍子の無い行動だろうと、要のやることだから意味がある、とそう信じているかのようだった。その信頼を感じながら、要はバイクの前に立つ。当然のように後ろに乗ろうとする冴昼に対し、要はキーを押し付けた。

「今度はお前が運転してくれ」

「え？」

冴昼の目が大きく見開かれる。夜だというのに何処から光を集めてきたのか、その目は仄かに輝いていた。何も言わない冴昼に対し、要は淡々と言う。

「免許持ってるんだろ？」

「要だって持ってる癖に」

そう言いつつも、結局は冴昼が運転を担当することになった。

「夜の運転怖いな。俺、夜目利かないから」

「ゆっくりでいいから。安全運転で」

後ろに乗り込みながらそう言うと、冴昼が微かに身体を緊張させるのが分かった。事故に遭うところでも想像しているのだろうか。暗い場所ではそういう嫌なイメージが投影されやすい。ややあって、冴昼は言った。

「任せてよ。俺、ゴールド免許だから」

ハンドルを握る冴昼の表情は後ろからでは見えない。だから、明るい声で言われたその言葉が嘘かどうかも判別出来なかった。冴昼は極上のショーマンだ。微妙な声の揺らぎだけでは、彼の本心が探れない。

いや、俺が冴昼の本心を理解出来ていたことなんてないのかもしれない。

そんなことを考えながら、要は目の前の身体を抱え込んだ。

ヘルメットすら着けずに、二人は夜の中を走っていく。後ろに乗った要はホテルから事故現場までの道順を細かく指定した。まるで何かを辿るように、面倒な指示が続く。それでも、要の言う通りに走るバイクは、ほど無くして例の現場に着いた。

暗闇の中から波の音が聞こえる。事故現場は目立たない倉庫付近で、目撃者がいないのも頷けた。微かな跡がついたその場所を、要は静かになぞる。そして言った。

「急ブレーキの跡が無い」

「それはつまり？」

「踏めないほど体調が悪かったのか、あるいは……」

そう呟きながら、要はゆっくりと立ち上がった。

あとは、点と点を結んでいくだけでいい。そこに浮かび上がる模様は、冴昼にとっても理想の結末だろう。

「行くか」

「もういいの？」

「もういい。けど、今度は行きと別のルートを通ってくれ。俺の言う通りに」

「あ、帰りも俺が運転なんだね」

「確かめたいことがあるんだ」

そう言って、要は後部座席に跨《また》がった。ややあって、冴昼も運転席に着く。静かな海にエンジンの音が響く。

「ついでにこの倉庫の周りをぐるっと回ってくれないか？」

「暗くて事故りそうなんだけど」

「それでもいいから」

要は真面目な顔でそう言って、冴昼の腕を軽く叩いた。これで色々と見えてくるはずだ、と心の中で呟きながら。

冴昼の運転は案外慎重だった。危なげ無く夜の埠頭を回り、要の指示通り、今度は回り道をしてホテルに戻る。

無事に部屋まで帰り着いた要は、じっと冴昼のことを見つめていた。けれど、冴昼はぼーっと夜の街を眺めているばかりで、何一つ言葉を発しなかった。説明も釈明も一言として無い。ややあって、要の方が口を開いた。

「俺はお前のことが分からない」

冴昼がゆっくりと振り返る。

「お前が何を求めてるのかも、何が幸いだったのかも。何も分からない。正直俺はお前のそういうところに苛立ってる。だが、それでも俺の行動の全てはお前の為だ」

「本当に？」

「お前が信じようが信じまいがどうでもいい。皇帝に否定されても地球は自転を止めなかった」

苛立ちを交えながらそう言うと、ふと冴昼が目を細めた。それがどういう表情なのか、もう要にも分からない。冴昼は珍しく溜息を吐いてから「これからどうするの？」と言った。

「先に言っておくと、ヘ、ル、ヴィ、ー、を、殺、し、た、犯、人、は、武、田、に、す、る」

準備はもう整っている。

要の言葉を聞いた冴昼は、何一つ疑問を挟まずに「へえ。まあ、そうなるか」とだけ言った。そして、焦がれてやまないかつてのように薄く笑う。

「それじゃあ俺は何をすればいい？」

「指示することを」

「ちなみにこれからすることはどういう風の吹き回し？」

責める風でもなく、冴昼は純粋にそう尋ねた。ややあって、要は返す。

「責任がある」

それはいつぞやの賭けの時と同じ、真っすぐな口調だった。「なるほど、責任」と冴昼が頷いた。言った要の方も、改めてそれを意識する。そう、彼には責任がある。

「それじゃあ、一つ騙しに行こうか」

冴昼が全盛期のように鮮やかに宣言した。

ヘルベルチカ殺害の犯人として、武田兼吾が自首したのはその二日後のことだった。

3

三度チェックした新聞の中で、要にとっては今日が一番地味な紙面だった。一面で取り上げられているのは北極で一番大きな街についに戻り橋が出現したというニュースだった。写真に写る戻り橋は氷で出来ているかのような美しい橋だった。

北極での開発成功を受けて、人類はいよいよ海上都市の開発や、宇宙への都市建設を視野に入れるらしい。大陸の無いところにも戻り橋が現れるという知見は、この世界における最大の福音のようだ。

目当ての記事はそれに押され、更に小さく載っていた。八行程度しか無い。非常階段での不運な過失致死、そして出頭。被害女性ことヘルベルチカは寛大な判決を求めており、武田兼吾は砂漠での作業に二年ほど従事する予定らしい。

罪が多少重くなったのは、武田がすぐに出頭しなかった点と、死体を隠そうとした点、あるいは武田に前科があった点が考慮されたからのようだ。これでもヘルベルチカは最大限に寛容さを見せ、武田の罪の赦しを乞《こ》うた。武田が彼女を突き飛ばしたのは、非常階段で煙草を喫っているのに腹が立ったからだった。邪魔だ、という意思表示をしてやるつもりだった。ヘルベルチカの頭を地面に叩きつける気なんてこれっぽっちも無かったのだ。それが、武田兼吾の言い分だった。何も疑うことは無い。事件はこれで終了だった。たった八行の記事に纏められるだけのものだった。

ペットボトルに入った炭酸水を飲み干してから、要は新聞を丁寧に折り畳んだ。全ては首尾よく終わり、もう波風も立たない。

結局のところ、ヘルベルチカが巻き込まれたのは不運な事故であり、犯人はこれから砂漠で並々ならぬ労働をして罪を償う。素晴らしい。砂漠に出来る戻り橋とは一体どんな具合だろうか。

時間を確認すると、いい頃合いだった。カフェを出てエレベーターに向かう。目指すは屋上。美見川に呼び出されたのと同じ場所だ。扉を開けると、真っ赤な夕焼けに迎えられた。

ヘルベルチカとの待ち合わせをこの時間に設定したのは、以前美見川と見た夕日が美しかったからだ。人の死なないこの街で、夕焼けは一層美しく見えた。

ヘルベルチカは煙草を燻《くゆ》らせながら、夕焼けをじっと見つめていた。その横顔が何だか美見川に似ているような気がして、要は密かに息を呑む。喫えもしない煙草の煙は、空遥かに立ちのぼっては消えていく。

「この世界、何処で煙草喫っても怒られないと思ったら、副流煙によるトラブルが殆ど無いからか」

そう声を掛けると、ヘルベルチカは指先で煙草の火を消した。

「吸殻を捨てると怒られますけどね」

「さっきの、喫えてたのか？」

「火は点けられるんですけど、味が全然しなくて。目で楽しむしかなかったんですよ」

「なら、改めて供えようか？」

「いいいや、単に消費しようと思っただけなんです。呼び出してしまってすいません、要さん」

「いや、俺もヘルヴィーさんと話したかった」

要がそう言うと、ヘルベルチカは不意に真面目な顔をした。単刀直入に聞きます、と怜悧《れいり》な声が続く。

「武田兼吾は何故私殺しで捕まったんですか？　私を殺した犯人はミミなのに」

尤もな疑問だろう。犯人も真相もヘルベルチカには分かっている。それなのに、結末だけが腑《ふ》に落ちない。全てが丸く収まったのは理解しているけれど、道行きだって説明してくれなくちゃ困る。そんな彼女を見て、要はゆっくりと言った。

「美見川さんが犯人だってことは知っていた」

「だと思いました。何となく、要さんには全て分かってるんだろうと。ならどうして——」

「満足がいく結末だろう。君は舞台裏まで見たいタイプなのか？」

「ええ。要さんが良ければネタばらしを。このままでは寝覚めが悪い」

少しだけ考えてから、要が口を開く。

「君に一つだけ聞きたいことがあるんだ。最後にそれに答えてくれるなら、シルクハットの中身も見せよう」

「約束します。何でも答えますよ」

「なら、交渉成立だ」

要がそう言って笑うと、ヘルベルチカが俄《にわ》かに緊張するのが分かった。そうしてわざわざ笑ってみせるのは、防衛本能のようなものだろう。これから始まるのは、世にも奇妙な解決編だ。こんな機会はもう二度と無い。

「じゃあ教えてください。一体どうしてあなたたちは偽の犯人をでっちあげたんですか？どうして関係の無いはずの武田兼吾は自ら進んで罪を被ったんですか？」

「いいや、ある意味で二つの事件は繋がってるんだ。別に間違った推測なんかじゃなかった。ただ、それを言うなら順番通りに話さないと。まずはヘルベルチカ殺害事件から」

「……順番通り」

ヘルベルチカは声を一段階低くして、そう復唱した。

「そう。ヘルベルチカ殺害事件は野崎公康殺害事件より前に起きている。結論から言うと、その所為で俺は君を疑うことになった。君は嘘を吐いてる。ヘルベルチカ・ミヒャエルスが死んだのは突き落とされたからじゃない」

「どうしてそう思ったんです？」

「コックス&ボックスって芝居を知ってるかな？　日本で最初に上演されたオペレッタらしいんだけど。あるところにとてもケチな大家がいた。その大家は一つの貸部屋で二倍儲ける方法を発明したんだ。それが昼勤の男と夜勤の男に同じ部屋を貸し出すことだった」

今回のケースはケチが故にというわけではないだろうが、その例えを持ち出すのが一番分かりやすかった。

「事件の日の昼過ぎに死んだ君は、戻り橋から還《かえ》ってきた際に、近くにある商店で煙草を買ったと言ってただろ？　そして、幽霊の身では煙草の喫えない自分に気がついた、とも。そこに嘘は無いだろう。でも、翌日の午後に見た限り、あのあたりには煙草が売ってるようなコンビニも商店も無かった」

冴昼がうろうろしながら、結局カフェでミルクティーを頼んでいたところを思い出す。憮然とした表情の冴昼を横目で見ながら、少し笑ってしまったのだ。ああいう時、冴昼は炭酸を飲みたがるのだ。

「ありませんでしたね」

嘘を吐いても無駄だと感じたのか、ヘルベルチカが素直にそう答えた。

「後で気づいたんだ。あの区域は午前中と午後で店の内容が違う。あの中のアクセサリーショップの一つが、午前中は商店をやってた」

やけにカフェがスロースタートだと思っていたのだ。あれは丁度、午前と午後で入れ替わりにやっていたのだろう。戻り橋のあたりは絶好の稼ぎ場だ。何しろ、戻り橋には断続的に人が来るのだから。

「つまり、君はどういうわけだか、午前中に死んで戻り橋に行ってる。どうして死亡時刻に関する嘘を？」

「…………どう思います？」

「死亡時刻を誤魔化したかった？　いいや、そうじゃない。君は、死因の方を誤魔化したかったんじゃないか？　君の死体は昼過ぎには見つかってる。こんな細かい時間調整の為に嘘を吐く理由が無い。それに死体を見つけた人間の証言からして、君が午前中に転落死したとは思えない」

　何故死因を誤魔化したかったか、を考えると自然と疑いは美見川に向いてくる。ヘルベルチカがそうまでして本来の死因を隠したかった理由。結局のところ嘘を吐いて隠したいことなんて、本人に不都合なことか、あるいは近しい人間に不都合なことだけだ。

「恐らく、君は美見川さんを庇《かば》う為にそんな嘘を吐いたんだろう。一回目の死因は、美見川さんを犯人だと指し示すような死因だった。だから、隠蔽《いんぺい》した」

「ちょっと待ってください。私たちが共謀していたって言うんですか？　おかしいですよ。一体何の為に私の殺害事件をでっちあげなくちゃいけないんですか」

「そうだね。そう思われるのも当然だ。何しろ、君たちは共謀じゃなかった。殺される瞬間まで君は単なる被害者だった。死んでから共犯者になったんだ。この事件の妙な部分は全部このズレが引き起こしてる」

　これもまた、この世界ならではの歪みだろう。元の世界であれば、死者は生者を庇えない。

「君は美見川さんを裁かせたくない。俺たちについてきたのは動向が心配だったからだ」

　あの時の心中を察すると何と言っていいか分からない。ヘルベルチカは捜査の手が美見川に伸びないかを心配していたのだろうし、美見川は美見川で自分が犯人として名指しされるのではと気が気じゃなかったはずだ。見知らぬ世界で罪人として裁きを受けるのは、結構な恐怖だっただろう。

　だから、代わりの犯人を用意しなければいけなかった。その為に、要は冴昼の力を借りることにしたのだ。

「墜落死した当日の話を確認したい」

　要は静かにそう切り出した。何は無くともそれが最初だ。

「要さんの言葉を借りれば、私が二回殺された日の話ですね」

「あの日の午前中、君は美見川さんに殺された。君の死体には落下した時の傷しかなかった。他に外傷は無かったから、それ以外の殺し方……まあ、普通に考えたら毒殺だろう」

「そうでしょうね」

　ヘルベルチカは何でもないことのようにそう答える。

「……毒殺された君は、戻り橋から戻ってきて、自分の死体を発見したはずだ。ここで次の類推ポイントになるが——恐らく君が死んだのはホテルの部屋の中だ。君が戻ってくるまでに死体が発見されなかったからだ。だから、そこらの廊下で死んだわけじゃない」

「そうですね。実はとんでもないところで死んでいました」

「とんでもないところ？」

「シャワー室ですよ。何だか気分が優れないので、しゃっきりさせようとしたんです。自分がまさか死にかかっているとは思いませんでした」

「……なるほど」

頭では分かっているのに、こうして会話を重ねる度に違和感が強くなる。よくもまあ霊能力者の振りなんて出来ていたものだ。少し気を抜くと感覚が狂う。

「さて、部屋で自分が死んでいるのを見た君は、まず最初に毒殺魔を疑ったはずだ。通り魔的な犯行で、確かに毒を入れる隙がいくらでもあった。特にコーヒーなんかは混入しやすいかもしれない」

「そうですね。私も最初はそう思っていました」

ヘルベルチカが心の底から悔しそうにそう言った。ヘルベルチカは、きっとその時の行動を心底悔やんでいただろう。

「でも、気がついてしまったんです。私はあの日のコーヒーに口を付けていなかった。だから、毒の出所がコーヒーではありえないことに」

「そうなれば消去法だ。他の服毒経路が煙草しか無いことに気がついた君は、そのまま自分を殺したのが美見川さんであると結論付けたんだろう」

毒が混入されたのはどのタイミングだろうか。コーヒーでないなら別のものだろうか、もしかすると煙草かもしれない。そんなところに毒を混入出来るのは美見川だけだ。

「そして聡《さと》い君は、美見川さんが毒殺魔に罪を擦《なす》り付《つ》けようとしたんじゃないかというところまで思い至った」

ヘルベルチカが静かに頷く。そして言った。

「でも、その結論だとまずい」

何故なら、ヘルベルチカはコーヒーに口を付けていないからだ。

「私の毒殺死体が見つかれば、恐らく毒の出所の話になっていたでしょう。ミミは私のコーヒーにも毒を入れておいて、後でそれが出所だったと言うつもりだったんでしょう」

「それだとまずいな」

「その通り。毒殺の方向で捜査が進み、混入ルートを探し始めたら……私がコーヒーを飲んでいないことを店員が証言してしまうかもしれない。それなら私はどうして死んだのかという話になり、いずれボロが出る。自殺と言い張っても良かったんですが、私は明らかにシャワーを浴びている最中に死んでいましたからね。自ら毒を呷った人間がそんなことをするとは思えない」

だから対策を講じたんです、とヘルベルチカは続けた。

「私が何をしたかは分かりますよね？」

「コーヒーじゃないのなら、ヘルベルチカ・ミヒャエルスは一体何処で毒を盛られたのか？　この糸を辿れば、どうしたって美見川江奈に辿り着いてしまう。それを防ぐ為には、もう死因を上書きしてしまうしかない」

要の答えを聞くなり、ヘルベルチカは満足げに笑った。これ自体が何かしらの知的なゲームであるかのようだった。

「君はそう考えるなり、自分の死体を移動させることにした。幸い、君の部屋は非常階段に近い。死体を背負えば移動もそう辛くなかったはずだ。そして非常階段まで行って、自分の死体を突き落とした」

聞けば聞くほど悪夢的な話だ。自分の死体を背負って歩くヘルベルチカのことを想像する。これをアリバイトリックと呼んでもいいんだろうか？　被害者が犯人を庇う為に自分の死体を移動するなんて！

「勿論、髪を乾かし服を着せましたよ。これでシャワーを浴びた痕跡の方は何の問題も無くなった」

「こうして死因は書き換えられた。ヘルベルチカ・ミヒャエルスは非常階段で何者かに突き落とされて、墜落死したことになった」

「自分が落ちていくのを見送った時、目が合ったような気がしてぞっとしましたよ。二度やりたいとは思えないな」

そう言うのなら、自分の死体に服を着せ、髪を乾かすのだって狂気の沙汰だ。段々と硬くなっていく自分を背負って、突き落とすこともそうだ。けれどヘルベルチカは、美見川を庇う為だけに一連の狂気に身を浸したのだ。

「……でも、私が共犯者なのはここまでです。ここから先は私の知らない展開ですよ。何故私の死体を移動した人が現れたんでしょう？　死体さえ移動されなければ、私はうっかり落ちたんだと言うつもりだったのに。私は戻り橋から戻ってくる体《てい》でしたから。戻り橋からここまでは歩いて二十分くらいですから……一旦部屋に引っ込んで三十分後くらいに通報しようと思ったんです。けれど気づいた時には……」

「その点は、俺が後で説明出来る」

「え？」

「さっきも言った通り、この事件は繋がってるんだ。そして、そこが結節点になる」

けれど、その話をする前に、まずは一つ聞いておきたいことがあった。ややあって、要はこう切り出した。

「美見川さんはこのことを知ってる？」

「……いいや、全く。ミミは恐らく、自分が毒を盛った所為で、私が前後不覚になっていて、それで落下したんだと思ってるでしょうね」

だとすれば、美見川は自分のしたことがヘルベルチカにはバレていないと思っているのだろうか。ヘルベルチカが自分を庇ってやったことすらも知らず、罪を抱え込んでいるに違いない。

「けれど、それはミミと私の間の話です」

「殺されたことを恨んでないのか？」

「それこそご冗談を。それならわざわざ自分を突き落としはしませんよ」

ヘルベルチカが薄く笑う。

「要さんはどうですか？　やはり、相手が子規さんであろうと、殺されたら恨むんでしょうか」

「俺なら殺される前に分かるだろうから」

「要さんが言うと冗談に聞こえませんよ」

別に冗談を言っているつもりも無かった。自分がヘルベルチカの立場なら、きっと美見川に毒を飲まされる前に殺意に気がついていたはずだ。

「それなら、要さんには私たちの気持ちは分からないかもしれません」

本当は何より分かっていた。この世界でヘルベルチカと美見川のことを正しく理解出来る人間がいるとしたら、自分であるという自信もあった。けれど、要の言葉を待たずに、ヘルベルチカが口を開く。

「私はミミの選んだことも、私の選んだことも正しいと思っています。だからこそ、教えて欲しいんです」

ヘルベルチカの目が真っすぐに要を射貫《いぬ》く。残照を放つ輪郭を見て「つくづく相似だ」

と思う。ヘルベルチカは何処となく子規冴昼に似ていた。

「あなたたちは、一体どんな奇跡を起こしたんですか？」

「大したことじゃない。何しろ武田兼吾は自ら罪を被ってくれたんだから」

それでも要は、これが最善の結末だったと躊躇い無く言える。


ところで、エッフェル塔消失マジックというものをご存知だろうか。この場合、消すものは別にエッフェル塔でなくてもいい。任意の巨大な代物を代入して頂いて構わない。要するに、消えて興奮するものであれば何だって構わないのだ。

演者は観客を沢山ホールに集め、窓から見えるエッフェル塔を隠すように布を掛ける。観客が固唾を呑んで見守る中、演者は何やら呪文《じゅもん》を唱え、布を取り去ってみせる。すると、窓の外には皆の愛するエッフェル塔は無く、素っ気無い夜空だけが観客を迎えるのだ。

「観客は口々に『私たちのエッフェル塔を返して欲しい』と訴える。すると演者は散々焦《じ》らした後に、もう一度布を掛ける。そしてもう一度取り去れば、愛するエッフェル塔が戻っているってわけだ」

要はいつも通りの講釈口調でそう言った。隣にいる冴昼はお伽話《とぎばなし》でも聞くような態度で首を傾げている。

「それのトリックって——あ、やっぱりいいや」

「いいのか？」

「どうして要がこの話を持ち出したのか、あれを見たら分かった」

冴昼は目の前に鎮座する巨大なコンテナを指差しながらそう言った。高さ百五十センチ、横幅百二十センチの箱からは絶えず怒声が漏れている。武田兼吾の声だ。

二時間ほど前、冴昼は武田に接触した。彼の行動範囲は異常に狭く、彼の住んでいるアパートを張り込めば簡単に見つかった。コンビニで食べ物を調達しに行く以外は外にも出ない。まるで何かに怯《おび》えているかのようだった。

要の推理通りなら、彼が何にそんなに怯えているのかも予想がついた。だとすれば、どんな交渉がいいだろう？　考えた末に出した結論が目の前のこれだ。

玄関から出てきた武田を任意の事情聴取だと言い張って車に乗せ、事故現場の埠頭まで強引に連れ去ってのランデヴー。途中でおかしいと思った武田は何やら喚《わめ》いていたけれど、さしたる抵抗はしなかった。

宥め賺《すか》しながら、要と冴昼は武田を小さな事務所に通した。簡単な応接セットだけが置いてある一間の事務所だ。扉の向かいには窓があるけれど、カーテンはきっちりと閉まっている。ソファーに武田を座らせると、冴昼は穏やかに言った。

「手続きがあるのでここで少しだけ待っていてください」

何の手続きだよ、と本来なら訝しんだかもしれない。けれど、武田は冷静じゃなかった。部屋に一人になった武田は、これが唯一の逃げられるチャンスだと思ったのだろう。そう思うように仕向けられた可能性なんて欠片も想定せずに、彼は脱兎《だっと》の如く立ち上がって、窓から外へと飛び出した。

そして、窓の外に置かれていたコンテナに勢いよく飛び込んでいった。

「つまり、エッフェル塔が消えたわけじゃなく、観客が集められたホールの方が動いただけなんだよね。窓からエッフェル塔が見えないように、会場の方が動いただけ」

武田の入ったコンテナを移動させた時のことを思い出しながら、冴昼はそう言った。

「まあそういうパターンばっかりじゃないけどな」

「別のパターンあるの？　どんなの？」

「演者が本物の霊能力者で、実際に消したり出したりしてるパターン」

「なるほど、俺のパターンね」

訳知り顔で頷きながら、冴昼はもう一度箱の方に目を遣った。埠頭の人間に金を握らせて借りたフォークリフトは上手く動かないし、適当な場所は見つからないしで、結構な時間が経ってしまった。箱の中の武田は相当不安な気持ちでいるはずだ。そろそろ対応してあげないと可哀想《かわいそう》だった。

「そろそろやるか」

そう言って、要はそろそろと箱の方へと近づいていく。

この世界の住人はとにかく狭いところや暗いところを恐れる。ホテルの作りも開放的だし、明かり取りの窓も広く取っている。要はそれを単なる趣味だと思っていたのだけれど、この世界の法則を知るにつれ、そういうわけじゃないことに気がついた。

それはもっと切実な恐怖によるものだったのだ。

パニック状態で騒ぐ武田を黙らせる為に、要は箱を軽く叩く。そして言った。

「おはようございます、武田さん」

「だ……誰だお前！　ッざけんな！　ここから出せ！　おい！」

そう叫びながら、武田は殊更激しく箱の内側を叩き始めた。要が何度か呼びかけたものの、半狂乱の武田がまともに話を聞く様子は無い。要は溜息を吐くと、すぐ傍の冴昼に合図を送った。要一人でどうにかなるならそれはそれで楽だったのだが。やっぱりこういうことは本職に任せた方がいいらしい。

冴昼は小さく頷いてから、ゆっくりと箱に近づいていった。そして、よく通る声で言う。

「武田さん、落ち着いてください」

その瞬間、箱から聞こえていた罵詈雑言《ばりぞうごん》がぱたりとやんだ。あたりが水を打ったような静けさで満ちる。

「私はただ話がしたいだけなんです」

「……だ……誰、だ、あんた……」

「そうですね。あなたの密かな楽しみを知っている人間、とでも言っておきましょうか」

冴昼はたっぷり含みを持たせた声で言うと、小さく笑ってみせた。

「そこが何処だか分かりますか、武田さん」

「箱の中……ですか」

武田がおずおずと敬語で答えた。既に場の主導権は冴昼に移っている。出来の悪い生徒をあやすように、冴昼が微笑んだ。箱の中の武田には見えないだろうに、サービスのよろしいことだった。

「どうして、どうしてこんなことをするんですか⁉　一体何の恨みがあって——」

「単刀直入に申し上げますが、あなたは非合法な麻薬取引に手を染めましたね？　野崎公康氏もそれが原因で命を落としました。言い逃れが出来るとは思わないでくださいね。これは単なる事実確認です」

箱の中で、武田がヒュッと息を呑むのが分かった。

「……あんた、まさか……」

「そのまさかの続きは言わなくても結構ですよ。私はただ、あなたが何処かからくすねた麻薬で小金を稼いでいたことを知り、それを不都合に思っているだけの人間です」

武田の言葉尻《ことばじり》を素早く捉えて、冴昼が丁寧に制す。

「何で、麻薬、俺……」

「何故あなたが麻薬の取引をしているかを知り得たかですか？　言うまでも無く武田さんがマークされていたからですが、勿論それだけではありません。これもまた野崎公康氏の死亡事故がきっかけですよ」

「野崎の事故が……？」

「あの日何があったのか、簡単に整理していきましょうか」

そう言って、冴昼はゆっくりと語り始めた。

「前提として、野崎さんは事故に遭われたのではありません。車ごと海に落下した時には、野崎さんはもう死亡していたんです。この世界では死亡した瞬間に戻り橋に転移させられますから、野崎さんの死体は置き去りになったでしょうね。だから、あなたが車を運転して野崎さんの死体ごと処分したんです」

「何で、俺が……」

「ああ、それについては憶測ですが……ミサンガが回収されていたものですから」

箱の外からでも、武田が小さく息を呑むのが分かる。

「ご存知ですよね？　野崎さんが奥さんからもらったミサンガです」

「知って……ます」

「いい奥さんですよね。金属アレルギーである野崎さんの為に、自分で編んだミサンガをくれるんですから。出産許可が出るのも頷ける」

野崎公康の事故について報じた記事を思い出す。出産間近の妻、勤勉な夫。結婚指輪代わりに身に着けていたミサンガの話。幽霊になった野崎さんの手に巻かれていた黒と緑のそれ。

「野崎さんは奥さんからもらったそれを随分大切にしていたようですね。しかし、銀製品ではないミサンガは戻り橋から持ち越せず、死体の手首に巻かれたままだったはずです。ねえ、善意だったんでしょう。分かりますよ」

冴昼は酷く優しい声で言った。

「霊体になった野崎さんはミサンガを着けていました。でも、事故で死んだはずの野崎さんがミサンガを回収出来たはずが無いんです。この時点で、あの事故は彼が単独で起こしたものじゃないとわかる」

「た、たまたま事故の時に野崎がミサンガを着けていなかった可能性だって……」

「毎日肌身離さず着けていたミサンガをその日に限って着けていなかったのも不自然だと思いませんか？」

冴昼は箱の縁をなぞりながら、なおも続けた。

「野崎さんの死は事故ではありえない。けれど、野崎さんは事故であったと主張しています。つまりどういうことなのか？　簡単な話です。野崎さんもグルで、二人揃って事故をでっちあげたのでしょう。一体何故そんなことをしなくちゃいけなかったのか？」

一旦言葉を切ってから、冴昼が小さく笑った。

「理由なんか一つしか考えられません。麻薬で中毒死した野崎さんの死因を偽装する為だったのでしょう？　本当の死因を隠す為に、こんな回りくどい偽装工作をする羽目になったんですよね」

冴昼がきっぱりと言い放つ。

この世界の唯一にして最高のタブー、車ごと海に沈めてでも隠さなくちゃいけない理由。死体がそうインモラルでないこの場所で、絶対に見つかっちゃいけない特別な死体！

武田は特に反論すること無く、荒い息を吐いていた。暗闇の中は息苦しいのかもしれない。あと一押しだな、と要は冷静に思う。

「野崎さんに薬を流していたのはあなたですよね？」

「……はい、俺が……流してました。もう結構……長くて、あの日もまさか、そんなことになるとは思ってなくて……。野崎が、急に震えだして」

懺悔《ざんげ》するかのように、武田はぽつぽつと話し始めた。

「あのまま薬で前後不覚になったまま死んだら、その状態で魂が固定されるかもしれない。お、俺は、これを流し始めてからたまに見たんだ。廃人みたいになっちまった人間……そんなの、魂が死んだも同然だ！」

殆ど悲鳴のような声で、武田が言う。そんな事例を見ているなら尚更手を出さなければいいのに、という気持ちと、だからこそこの不変の世界で薬が横行するのだという気持ちが同時に過《よぎ》る。彼岸と戯れながら味わう薬は、どれほどの興奮を人間に与えるのだろう。

「だ、だから俺が首を絞めて殺したんですけど……。このまま野崎の死因がバレたら……」

「そうですね。野崎さんが麻薬を使用して死んだとなれば、彼は罪に問われます。重罪になりますから、何年極地へと送られるか分かったものではありません。それにもまして、野崎さんは生まれてくるお子さんの件があったのでしょうが」

生まれてきた後もなお、定期的な審査が入ると噂の出産資格だ。父親が麻薬で捕まれば、その子供すらどうなるか分からない。何の罪も無い母親とすら引き離されてしまうかもしれないのだ。

「だから野崎公康氏は自分の死を事故死に見せかけなくてはいけなかったのでしょうし、あなたはそれに協力したんでしょう。ここまではいかがですか?」

「……相手が俺だって分かったのは、あんたのところの上の人間が、俺に目をつけてたからですか……」

「そう思ってくださって差し支えありません」

「ああ、そうか……だから……」

武田は何やら合点がいった様子で、小さくそう呟いた。

けれど、武田が納得するような事実なんてここには無い。冴昼の上についている人間なんて誰もいないし、武田が麻薬組織に目をつけられていることすら、彼自身の思い込みだ。

実を言ってしまえば、武田が共犯者だと睨んだ理由は他にある。けれど、このまま思い通りのシナリオを進めるには、武田が勘違いしてくれていた方がいい。要は冴昼に合図を送ると、自分も近くの壁に凭《もた》れ掛《か》かった。ここからが本番だ。

「これから自分はどうなると思いますか？」

冴昼が、さっきとはうって変わって冷たい口調で言う。

「どうなると思うって……」

「私がどうしてあなたをそんなところに入れているんだと思いますか？　麻薬に、手を出していた、あなたを」

冴昼はわざわざ区切るようにそう言って、緩やかに沈黙した。箱の中の武田の息が更に荒くなる。殆ど泣きそうな声で、武田が言った。

「すいません、すいません、もう絶対に手を出しません。俺は、俺は流れてきたものを、ほんの少しだけ、ほんの、ちょっとだけ捌《さば》いてただけで、」

「私は『どうなると思いますか？』と聞いたんですが」

その言葉で、武田はいよいよ泣き始めた。啜り泣きの合間に、このまま、何処かへ、と途切れ途切れの回答が挟まれる。

「そうですね、何処かへ。正解です。私たちは不滅の存在、永遠を生きる存在ですから。例えば、この状態のまま海に沈められれば、それはもう恐ろしいでしょうね。見たところ武田さんは既に亡くなられていますから、戻り橋から復活することも出来ない。この中でずっと――」

冴昼の言葉は耳を劈《つんざ》くような悲鳴に遮られた。聞くに堪えない叫び声だった。音の塊が箱の中を暴れ回り、反響していく。赦してください、助けてください、とひたすら繰り返す武田を制する為に、冴昼が一際強く箱を叩いた。そして、はっきりと言う。

「落ち着いてください」

その声を聞くなり、武田の声がぴたりとやんだ。近くで見ていた要ですら息を詰めてしまったくらいだ。唸る動物に鞭《むち》を入れたかのように、場の空気が変わる。

「そうするつもりなら、とっくにそうしています。私は武田さんと話をしに来たんです。分かるでしょう?」

「……た、助け」

「何を仰ってるんですか、私は武田さんを助けたいと思ってここに来たんですよ。いくら分不相応な真似をしたからと言って、審判の日が来るまで永劫そのままというのはこちらとしても寝覚めが悪い」

「じゃ、じゃあ……」

「ですが、先程も言ったように、あなたのことをよく思っていない方もいらっしゃるんですよ。制裁を加えなければ気が済まない、と思っているような方が」

「そ、んな……」

「だから、絶対にそういった方々に捕まらなければいいんです」

「ど、どうすれば……?」

「簡単なことです。服役してしまえばいい」

冴昼は穏やかな声で言った。

「服役って、何を……ま、麻薬は……」

「いいえ、野崎公康氏が死んだあの日、あなたはもう一つ犯罪に関わったでしょう」

さあ、ここからだ、と要は心の中で言う。冴昼は小さく息を吸ってから続けた。

「車に乗りこみ急いで港へ向かっている最中、あなたは別の死体に出くわしましたよね？ホテルの近くの裏路地で、ヘルベルチカ・ミヒャエルスの転落死体に」

「ヘルベルチカ・ミヒャエルス……？　し、」

知らない、と言おうとした武田の声が止まる。その異国風の名前と、自分の記憶の中の砂色の髪が結びついたに違いない。

「あなたはあの日、ホテル・エンネアの脇道を通ったんじゃないですか？」

冴昼にバイクを走らせた夜、要はいくつかのルートを検討した。

すると、興味深い事実に行き当たった。任意の場所から事故現場に辿り着くまでの最短距離を行く為には、どうあってもヘルベルチカが死んだ場所を通ることになったのだ。放射状に広がるこの街では、他の道を通ろうとすると若干の遠回りになってしまう。

つまり、武田がもし急いでいたのだとすれば、件の道を通った可能性が高い。加えてヘルベルチカの死体が移動されたという事実があれば——。

要の読み通り、武田は弱々しく「通った、気がします」と答えた。

「けれど、あの道には障害物がありました。道路を塞《ふさ》ぐように倒れていたヘルベルチカの死体です」

「見、ました……」

武田の返答を聞いて、要は思わず手を打つ勢いだった。やっぱり、自分の見立ては間違っていなかったのだ。要の歓喜に応えるように、冴昼はまくし立てた。

「でしょうね。そしてさぞかし困ったことでしょう。このままだと進めないし、一本道をバックで引き返すのは難しい。悩んだ末にあなたはヘルベルチカを移動させた」

この世界での死体は、要が知っているものとは大分趣が違う。死体を見たって人は酷く戦《おのの》いたりしない。道に落ちている死体は当然ながら通報して処理を頼むべき案件だ。丁度落とし物を届け出るようなものだ。そう大変なことでもない。

けれど、武田にとってはそうもいかなかった。SDCをしてヘルベルチカの死体を届け出たが最後、彼が野崎の死体を運んでいたことがバレてしまう。だから彼は届け出なかった。目の前にある死体を寄せて、さっさと運転を再開したのだ。

死体を隠したんじゃなく、邪魔だったからどかしただけ。その可能性に思い至った瞬間、要の頭にこの筋書きが出来上がった。あとはあるべき場所に武田を嵌《は》めこむだけだ。

「でも、そ、それが何か……」

要の感覚ではおよそ考えられないような戸惑った調子で武田が言う。そちらからすれば、死体を見つけて通報しなかったからといって何だと言うのだ、くらいの感覚なのだろう。

「ヘルベルチカ・ミヒャエルスはホテル・エンネアの非常階段で何者かに押されて転落死してしまったんです。――武田さんにはヘルベルチカ殺しの犯人になって頂きたい」

「そんな……」

「いいじゃありませんか。麻薬で捕まってしまえば今度こそ十数年は戻ってこられませんよ。それに対して、殺人の刑期なんて一、二年が良いところです。そもそも、このまま海に沈められることを思えばそんなの傷にもならないと思いますが」

「一、二年服役するだけで……」

「私はその間に、この街から組織ごと手を引きます。あなたも服役後は麻薬に手を出さずに過ごしてください。それに、ヘルベルチカ殺しはアリバイにもなるじゃないですか。野崎さんの死体を海に捨てに行ったことがバレるより、ヘルベルチカを突き落としたことにした方がいいでしょう?」

最早《もはや》選択肢なんて残されていなかった。武田の中で色々な計算が巡っている。

「大丈夫です。武田さんのジャンパーに付着していた袖口の血、あれはきっと彼女の血ですよ。動揺して逃げ出してしまった、でいいじゃないですか」

結局のところ、それこそが武田が共犯者だと思った最後の一押しだった。野崎の家でヘルベルチカを見た時に幽霊を見たような顔をしていたという美見川の言葉。そして、安っぽいジャンパーの袖に付着した赤黒い血。

ややあって、武田が力無く「はい……」と言った。それを聞いた冴昼はコンテナの鍵を開け、穏やかに言った。

「鍵は開けました。武田さんは今から千数えてから出てきてください。ここを出た後は黙って警察に出頭してください。分かりましたね」

それだけ言うと、冴昼はさっさと歩き出した。それを追うように要も歩き出す。武田が発する泣き声混じりのカウントの声が聞こえなくなるまで来てから、要は言った。

「まあ、組織だのなんだのは嘘なんだけどな」

「……本当に悪魔だよ」

「悪魔は魅力的な風貌《ふうぼう》をして人間を惑わすらしいぞ。お前の方が似合う。俺じゃあとてもとても」

さっさとレンタカーに乗りこんで、埠頭から脱出する。

「武田さん、ありもしない組織に死ぬほど怯えてたよね。これはトラウマになりそう」

「ここまで脅しておけば、流石にもう麻薬に手を出そうとは思わないだろ。ここで関係を断っておかないと、ああいう奴はまたやらかすぞ。だったらこの一、二年で完全に懲《こ》りた方がいい」

「確かにまあそうかもね。あの人悪い人じゃないだろうし」

質の悪い人間ではあるだろう。けれど完全な悪人というわけでもない。引き込んだのが彼であるとはいえ、偏に武田は野崎の為に行動したのだ。念願の父親になれるだろう彼の名誉を守る為に車を走らせ、大切なものだと知っていたからミサンガを取り外した。

武田と野崎の間に何があったのかは知る由も無いが、武田が野崎を少なからず大切にしていたというのは本当なのだ。

「だったら麻薬なんか流すなよって話だけどな」

「まあそうだよね。友人と犯罪なんてね」

「霊能力詐欺もな」

「それを自分で言うから要は良いんだ」

結論から言うと、武田兼吾は約束を守ってくれた。彼は一生この夜のことを話さないだろう。

「だから、武田兼吾は自首したんですか」

話を聞き終えたヘルベルチカは、心底驚きながらそう言った。

「自ら進んで罪を被ってくれる、唯一無二の冤罪者だ。だからもう美見川さんが捕まるようなことは無い」

「そうですか……」

その時、ヘルベルチカは今まで見たことの無い穏やかな表情を見せた。張りつめていたものがフッと解けたかのように、小さく溜息を吐く。

「……ありがとうございます、要さん。冴昼さんにもそう伝えてください。ミミを、私を、救ってくれて……」

「それなら、代わりに一つだけ聞いていいかな」

「例の約束ですね。どうぞ」

「美見川さんを恨んでいないというのは聞いた。その理由は？」

その言葉を受けて、ヘルベルチカは不思議そうに首を傾げた。

「理由？」

「この世界に君が来て十日近く経っている。それなのに転移は起こらなかった。きっともう君は元の世界には戻れないだろう。ヴァンデラとして世界を移動することも無く、ここの世界で生きていかなくちゃいけない。それなのに、少しも恨まないでいられるものなのか？」

そう言った要に対し、ヘルベルチカはいよいよ笑い出した。それは子供のように軽やかで、全ての真理を衝いたように静謐《せいひつ》な笑い声だった。そして、当たり前のことを告げるようにヘルベルチカが言う。

「ヴァンデラだから、ですよ。要さん」

笑顔で言われたその言葉の意味が取れなくて、要は一瞬言葉を詰まらせる。そんな要を諭すように、ヘルベルチカが続けた。

「世界に放り出された私たちは押し潰されそうな孤独の中にあります。どんな気分か想像はつくでしょう？　今までの世界から切り離され、ただ放り出されるんですから。最初の転移の時は、寄る辺の無さで死にそうでした。けれど、私にはミミがいたんです」

ヘルベルチカは殆ど泣きそうな顔で笑っていた。

流れる髪が夕焼けに照らされて金に光る。死者を示す残照だ。

「そこがどんな世界でもミミは私を探しに来たんです。それにどれだけ救われたか分かりません。もう来てくれないかもしれないと思いながら、私はいつだって彼女を待っていた」

だからですよ、と彼女がもう一度言った。

「ミミは何度も私を追いかけてくれました。なら、一度くらいミミの為に死んでやってもいいでしょう?」

ヘルベルチカはこの上無く穏やかな顔でそう言うと、軽やかに笑った。冗談ですよ、と彼女が続けるのに合わせて、要はようやく「普通は一度死んだらそれっきりだ」と言った。

「私はもう怯えなくていい。期待もしなくていい。そう思うと随分楽になりました。私はお二方とは別の道を行きます。何せ、あなたは冴昼さんをこれからも追いかけるんでしょう?」

「今回で連れ帰れないならいくらでも」

「どうあれ、お二方はこの世界に留まらない」

ヘルベルチカは緩く首を横に振り、言った。

「なら、ここでお別れです。ヴェヴァラサナ、さよなら。子規冴昼。そして呉塚要」

ヘルベルチカがそう言った瞬間、屋上に誰かが入ってきた。

それは待ち望んでいた人間の、待ち望んでいた姿だった。

この世界に来たばかりの時のように、ヘルベルチカが彼女の名前を呼ぶ。

「要さん、邪魔してすいません。……ヘルヴィー、話があるんだけど」

そう切り出す美見川の目は、この世界に来たばかりの時と同じ熱を持っている。

その熱を反映しているかのように、彼女の輪郭からは微かな残照が放たれていた。

＊

あの朝のことを、ヘルベルチカはありありと思い出せる。

少し遅い朝食を摂ろうとしていた時のこと。思えばあの朝の美見川は少しばかり挙動不審だった。それはヘルベルチカの転移が近いからなのだろうと思っていた。

まさか、殺人を犯している最中の武者震いだなんて思いもしなかった。煙草とコーヒーに毒を仕込み、その時を待っている顔だなんて。

くらくらと視界が揺れていた。美見川の心配そうな目が自分を見ている。ヴァンデラになってから、美見川はいつだってこんな顔をしていた。次は何処に行くのか、次はどんな目に遭うのか。

囲む世界も目の前のヘルベルチカも少しも信用ならない顔をして、美見川はただただ疲弊していた。最初こそ彼女の伸ばす手がありがたかった。けれどその指が震えているのを見て平気でいられるはずが無い。

だから思わず言ってしまった。

「もう私のことを追わなくていい」

「――え？」

「こうして穏やかに伝えられる世界であってくれて良かった。次はこうはいかないかもしれない」

「待って、何言ってるの？」

「ミミはここまでよくやってくれた」

「……その発言、どの目線？」

そう返す美見川の声が本気で怒っている。思い返せば、美見川は最初から何かしら理由をつけて朝食の席を立つ予定だったはずだ。それも、ヘルベルチカが追ってくるような言葉と共に。そうして一度コーヒーから目を離させなければ。

でも、あの時の言い争いはそんな作為的なものじゃなかった。自然発生的に生まれ出て、ごく自然に美見川は傷ついていた。

「ヘルヴィーには分からないんだろうね」

「何を」

「執着が、」

それだけ言って、美見川は行ってしまった。本当に理解出来ていなかった。ヘルベルチカが手を離そうとしたその朝に、美見川はその執着と死ぬ覚悟が出来ていたのに！

美見川が去ってからは、まともに食事を摂る気にもなれなかった。一人残された席で、ぼんやりと美見川の言葉を考える。毒の作用もあったのだろう。動悸と眩暈が治まらなかった。サンドイッチにもコーヒーにも手を付けずに、ヘルベルチカもそのまま席を立った。

「何かお口に合わなかったでしょうか」

仕事熱心な店員がそう尋ねてきたのを覚えている。お気に入りのコーヒーを残したのは初めてだったから、不手際があったんじゃないかと心配になったのだろう。ヘルベルチカは無理矢理笑顔を作って「いや、体調が悪いだけで……」と返した。お大事に、という声すら反響して聞こえた。

ぼんやりする頭で、どうにかシャワーを浴びようとした。その最中も美見川のことばかりを考えていた。美見川を解放してあげたかった。けれど、もう彼女が自分を追ってきてくれないのだと考えると、途方も無い心細さに襲われた。

辛《かろ》うじて自分を繋ぎ止めていた糸が切れてしまいそうな心地がする。そして、ヘルベルチカはそのまま意識を失った。

次に目を覚ました時、彼女はまた何処かに転移したのだろうと思った。ぼんやりとした意識のまま、ただ前に進む。振り返ると、朱塗りの大きな橋があった。見たことは無いが、直感した。これは戻り橋だ。

自分は死んだのだ。

最初に考えたのは、当然ながらと言うべきか否か、美見川江奈のことだった。自分の為にこんな世界まで来てくれたのに、彼女は元の世界に戻れない自分をどう思うだろう？

急いでホテルに戻り、自分の死体を確認する。シャワー室に人形のように転がる自分の死体は、何ともグロテスクだった。外傷が無いお陰で、眠っているように見えなくもないのが唯一の救いだった。

その瞬間、彼女は全てを理解する。自分を殺したのは美見川だ。毒殺。手を付けなかった朝食。美見川のあの表情までもがそれを裏付けているようだった。

驚きも怒りも覚えなかった。動機はすぐに理解した。美見川はきっと、この世界で終わりにすることを決めたのだろう。不滅の街がヴァンデラのルールを上書きすることに賭けたのだ。ここで死んでしまえば、もう転移は起こらないと踏んだに違いない。

美見川の目論見は当たっているだろう、と彼女は思う。ヴァンデラの仕組みが完全に解明されたわけじゃないが、戻り橋を渡った時のあの感覚。自分の存在がこの世界に搦《から》め取《と》られるようなそれを味わった以上、もう転移が起こるとは思えなかった。

そこには得も言われぬ喜びがあった。これでもう先を心配しなくてもいい。美見川が自分に与えてくれた解決策を思うと身が震えた。自分に相談しなかったのは反対を恐れたからだろう。それでもなお彼女は、転移を止めようとしたのだ。執着が、と言った美見川の声が蘇る。その時初めて、ヘルベルチカは彼女の執着を知ったのだ。

けれど、そこで初めて致命的なミスに気がついた。手つかずの朝食。シャワー室の死体。美見川の計画に無いだろうそれらを見て、まずいと思った。けれど、チャンスでもあると思った。

これは二人の為の計画だ。なら、私にだって手伝わせてくれないと困る。美見川が自分の為に犯した殺人を、私も一緒に犯そうじゃないか。

自分の死体を突き落とす時、ヘルベルチカは思わず笑ってしまった。

二度殺される自分を見る機会なんて、きっとこれっきりだ。

もう何を恐れることも無い。これで私たちは並んで歩ける。

4

これで本当に収まるところには収まったわけだ、と要は思う。

この結末は傍目にも悪くない。この世界が終わるまで、ヘルベルチカと美見川はこの世界で暮らすだろう。要は決して選ばない幕引きだろうが、残照に縁取られたそれは美しい。

理解は出来る。出来るからこそ、一つだけ看過出来ないことがある。

要は件の非常階段を降り、なるべく早く部屋に向かった。けれど、こういう時の巡り合わせの悪さを知っている。あるいは詐欺師の逃げ足の速さも！　長い廊下の先のツインルームには、きっと選ばなかった選択肢のツケが待っている。何度言っても施錠されなかった扉を開けて冴昼の名前を呼んだ。

果たして、そこはもぬけの殻だった。

何が起こったのかは理解出来る。転移したのだ。きっとそのうち、要も送り返されることだろう。あくまで自分はヴァンデラの付属品、その影を追い続けるだけの存在だ。

部屋には子規冴昼の痕跡が色濃く残っていた。テーブルには飲みさしのペットボトルが置かれている。冴昼のベッドはぐちゃぐちゃに乱れているし、枕元にはスリープモードになったタブレットがあった。

もうここに冴昼はいないのに、存在の残滓《ざんし》が多くて困った。何処を見ても冴昼を思い出すのは、事務所に閉じこもっていた時と同じだ。不在が一番場所を取る。

果たして、このいたちごっこを永遠に続けることになるのだろうか。それを思うと恐ろしくなった。怒りも覚えた。どうして子規冴昼が選ばれなくちゃいけないんだと、いつか打倒する神に恨み言を吐きたくなった。

それでも要は諦めない。次の世界でも冴昼を追うだろう。そこが果ての極楽だろうが極地の地獄だろうが関係が無い。

少なくとも、今回ばかりは冴昼を直接問い詰めてやらなければ。

だって、いくら要が冴昼に甘いとはいえ、あれにお咎《とが》め無しは悔しいじゃないか。

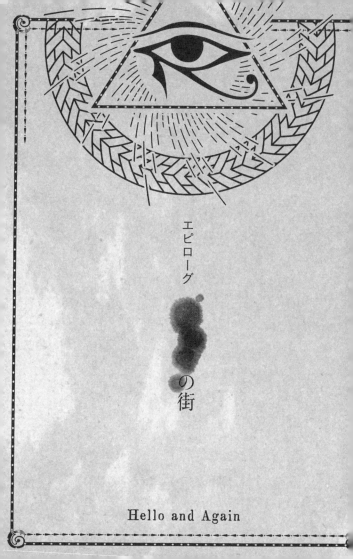

エピローグ

の街

Hello and Again

件の電話ボックスに入ると、そこには黒い本体に金色で縁取りのされた、洒落た電話機が鎮座していた。電話機の下の方には引き出しが付いており、引き出してみると、一から十六までの数字の印字されたボタンが出てきた。どんな用途かは見当も付かなかった。

魅力的なボタンの数々を無視して、冴昼の電話番号に掛ける。ノイズ混じりの呼び出し音がしばらく流れて突然消えた。

数秒だけ目を閉じてから、背後の扉を開ける。開けた瞬間に、過去二回との違いに気がついた。扉の先は列車の廊下車両に繋がっていた。艶々《つやつや》と光る木枠のボックスも、中の電話機も、そういえば高級な列車の一部分に相応しかった。

そのまま廊下を進む。随分広い列車だった。乗っている人間も多ければ、設備も随分充実している。窓の外から見える風景は遥かな草原地帯で、他にも何本か継ぎ目の少ない線路が通っていた。結構な速さで走っているのに、列車が揺れることは殆ど無い。

窓から差し込む日差しを浴びながら、ここは良い世界だろうな、と思う。行き来する人は何かに困っている様子も無いし、少なくとも目に見える危険は無い。この世界に降り立った時、きっとあいつも笑ったことだろう。

出会えないかもしれない、とは思わなかった。巨大な列車の中には大量の客室があり、廊下を進むごとに沢山の乗客とすれ違うのに、引かれ合うように要は進む。

　十分ほど歩いて辿り着いた食堂車で、目当ての人間はすぐに見つかった。

　冴昼は席に着いて憎らしいほど優雅にコーヒーを飲んでいた。隣の席では家族連れが揃って天ぷらうどんを食べている。衣の中身はかしわと蓮根《れんこん》だろうか？　生活感のある光景の隣に置くには、子規冴昼は少しばかり非現実が過ぎていた。要はその姿を数秒だけ見つめてから、断り無く冴昼の向かいに座った。そして言う。

「なあ、お前は何で俺を殺さなかったんだ？」

「ああ、この間ぶりだね。要」

「お前、俺のことを殺そうとしただろ。気づいてたぞ」

「折角話の流れを変えようとしたのに」

　冴昼が困ったように笑って、コーヒーを飲み干す。見計らったように来た店員に、要がブレンドを二杯注文した。

「殺そうとしたことは否定しないんだな」

「だって、俺たち二人で〝子規冴昼〟なんだからさ。地獄の底まで一緒じゃないと嘘じゃない」

「だから別に責めてない。怒ってもない」

　運ばれてきたコーヒーは、不死の世界で飲んだものよりも苦みが強かった。けれど、要はこちらの方が好みだった。恐らく、冴昼もそうだろう。二人の味の好みは案外似ているのだ。

「お前も同じ解決をしようとしたんだな」

要は確かめるようにそう言った。

「死者の蘇る街、魂の不滅が謳《うた》われる世界。あの世界を利用すれば、ヴァンデラから解放されるんじゃないかといち早く気づいたんだろう」

「そうだね。俺に——ヴァンデラに刻まれるルールを上書き出来るとしたら、あの世界のルールだけなんじゃないかと思った」

冴昼はあっさりとそう認めた。

「だから、要に先に死んでもらおうと思って」

「何で俺を先に殺そうとするんだよ」

「要を先に殺しとかないと、さっさと見切りを付けられると思ったんだよ」

別に批難をしている様子でもなかったので、要は特に反論しなかった。その代わりに、不服そうに言った。

「そもそも普通俺に黙って殺そうとするか？」

「いや、面と向かって殺していい？　って言ったら拒否するだろ」

「そうかもしれないが、黙って殺されたらもっと怒ってた——ああ、だからこその毒殺だったのか」

要はそう言って、一人頷いた。

気づいたのは偶然だった。野崎佳世に話を聞きに行った帰り道、諸々《もろもろ》のことを踏まえてある程度事件の全体像を描き始めていた時だった。ヘルベルチカが嘘を吐いていることも、美見川が隠していることも、品行方正な野崎公康の秘密も。後は、どのように幕を引くかだ。

冴昼は美見川を庇おうとするかもしれない。元々、友人であるヘルベルチカが殺されたから事件解決を望んだくらいだ。美見川が逮捕されるのは喜ばないだろう。――まだこの時はその言葉を額面通り信じていたからこそ、そう思っていた。

フロントに入ってくるなり、かしこまった様子の平賀に話しかけられるまでは。

平賀は酷い失態を演じたような顔で、頻りに謝っていた。報告する相手に冴昼ではなく要を選んだのは、偏に冴昼を一番高い位置に置いているからだろう。それはまあいい。謝るのを止めさせて、事情を聞く。

「実は、子規様が以前使用されていた部屋に忘れ物がございまして……大変失礼致しました。私どもがもう少し早く気づいているべきだったのですが……」

聞いてみれば大したことの無いことだった。急に部屋を変えたいと言い出したのはこっちの方なのだ。それで荷物の移動に不手際があったことを責められない。

「いえ、お気になさらず。……それで、忘れ物というのは？」

そして手渡されたのは、一本のペンだった。

ホテルに備え付けられていた何の変哲も無いノック式のボールペンだ。要も部屋でメモを取る時に使った奴だ。

袋に入っていたのを開けたのは冴昼だろうから、これはもう冴昼のものという判定なのだろう。捨ててしまったって構わないような忘れ物なのに律義なことだ。

「これ、何処にあったんですか？」

「それが……机の天板の裏に貼り付けてありました」

だから気がつかなかったのです、と平賀は言った。まるで要が厳格な裁判官であるかのような顔をして、審判を待っている。勿論、要にそれを責めるつもりは無い。お礼だけ言って、そのままトイレに向かった。

個室に入り、さっき受け取ったペンを検分する。

注意深く分解してカートリッジを抜くと、ぽたぽたと無色透明な液体が出てきた。数秒掛けて流れ落ちていくそれを無言で眺める。

何となくだが、その液体を舐《な》めたら死ぬだろうな、と思った。液体を出し切ったペンを折って、トイレのゴミ箱に捨てた。

「捨てたんだ、結構高そうだったのに」

冴昼はそう言って笑っていたけれど、要にとっては笑えない話だった。

「ここに来たばかりの時の『所用』ってまさかこれのことだったのか？」

「その節は振っちゃって申し訳なかったね」

「……なるほど」

「自殺用だったって言っても信じないよね」

「信じるわけ無いだろ」

「まあ、だよね」

冴昼はさもありなん、と言った風に頷いた。

「あの世界では死者にも語る口がある。俺を殺したのがお前だって俺にバレたら大変なことになるって思ったんだな？」

「だから、要にもバレないようにしなくちゃいけなかったんだけど、まさか同じ部屋に泊まることになるとは思わないだろ？　そんな状況で殺人が起きたら俺が犯人だってすぐバレるだろうし」

考えてみれば、部屋を移動した時、冴昼は何故か酷く驚いているようだった。普段は何をしたってそうそう動揺もしない冴昼が、部屋を変えたくらいで驚いていた。あの時はまさか、部屋の中に残していた毒の行方を気にしているんだとは思っていなかった。

「毒も無い、部屋も同じとなったら、大分殺しの難易度は上がった。それでもお前は、あの時点では諦めていなかった。まだ俺のことを殺す機会を窺っていたはずだ」

冴昼は反論しなかった。なので要もそのまま続ける。

「お前がヘルベルチカを殺した犯人を見つけたいって言った時、違和感を覚えた。何しろ子規冴昼だった時、そういうのを扱おうって言うのはいつだって俺の方だったから。でも、その後に続いた被害者が友人のパターンなんて無かったたっていう言い分に惑わされた」

「ヘルヴィーたちが友人なのは事実だろ?」

その通りだった。けれど、真実を目につくところに置いて肝心な部分を隠すのは、詐欺師の遣り口だった。それこそ、呉塚要がやりそうなことだ。

それにしても、あの時の冴昼といったら完璧だった。要の思い上がりも酷いものだった。あれだけ人を思い通りに動かせる男のことを、要は疑いもしなかった。

「確かにそれだって嘘じゃないんだろうな。でも、一番の動機はこれだったはずだ。お前があぁ言い出さなかったら、俺は多分『転移』が起こるまでホテルに籠城《ろうじょう》してた。ヘルベルチカの事件に首を突っ込んで引《ひ》っ掻《か》き回《まわ》すことも無かった。今思えば、そうすべきだったのに。だが、あれだけ警戒している俺を同じ部屋の中で殺すのは無理だ。だから、捜査の名目で連れ出したんだ」

「ああ、だから——責任ってそのこと?」

要はカップの縁をなぞりながら頷く。

「俺たちさえ騒がなかったら、美見川江奈はヘルベルチカに全ての真相を話し、当人同士話し合ってあの世界で過ごしてたんだろうさ。警察だってヘルベルチカの事件にはさして注目してなかったんだ。それが、俺とお前が解決しようって動き出してややこしくなった」

人騒がせな方法だと思う。けれど蓋を開ければ、あの二人はああいった結末を最善としていた。わざわざ要と冴昼が真相を明らかにしなくても事件は終結していただろう。あそこでわざわざ真犯人が美見川だと指摘したところで、探偵役が同じ罪を犯そうとしていたのだから茶番もいいところだ。この中で同胞を殺そうとしていなかった者だけが石を投げよ！

「だから、あれは正しく罪滅ぼしだ。波風立てたお返しに、足元をコンクリートで埋め立ててやったんだ。真犯人がいてくれた方があっちもいいだろ。武田だって十何年も開拓地に送られるより幸せだった。幸福の相対値が高い」

要は確信に満ちた口調でそう呟く。それを見た冴昼が満足げに笑った。冴昼が言外に言っている。——呉塚要はそうあらねば。自分がやったことに確信を持っていなければ。

「ヘルベルチカの事件を解決するっていう名目で、外に出したところまではいい。でも、お前は俺を殺さなかった。何で止めたんだ？　ヘルベルチカと美見川の二人が成功例としているんだから、それでも良かったんじゃないか？」

「それを何でもないような顔で言えるから、要は好《い》いんだ」

冴昼は大きな目を三日月形に細めながらそう言った。

「タイミングならあったはずだ。事故だって言い張ったって大丈夫なタイミングが」

要は静かにそう返す。

「何処か分かるだろ？」

「さあ？」

「だって俺は、お前にハンドルを任せたじゃないか」

その時、さっきまで動揺を見せなかった冴昼が、ぴくりと眉を寄せた。まさか、と冴昼が小さく呟く。

「まさか、その為に運転させたの？」

「ああ、そうだ。言っただろ？　『それでもいい』って。お前はあの時、俺を殺したって良かったんだ」

要は少しも表情を変えずにそう言った。全部過去の話だ。だからもう、動揺したりしてやらなくてもいい。


冴昼の思惑が分かった時、要は彼に選択肢をやろうと思った。

何しろ、ヘルベルチカと美見川の例がある。ヴァンデラである以上、同じ解放を望む気持ちは理解出来なくもなかった。要の方は美見川と同じ苦しみを携えてはいなかったが、冴昼の方はどうか分からなかった。

だからハンドルを握らせてみた。

殺されたって構わなかった。本当の話だ。死んで終わりの世界じゃないから、一度くらい子規冴昼の為に死んでやっても構わなかった。

冴昼が本当にあの世界への永住を望んでいたのならそれはそれでいい。バイクでの二人乗りは、二人纏めて殺せるまたと無い機会だった。子規冴昼は背中に感じる命の重みに躊躇いを覚えるような人間じゃないだろう。こと目的達成に関しては、彼はとてもスマートなのだ。

　けれど、冴昼はそうしなかった。要のことを殺さなかった。それってどういうことだろう？　ヴァンデラから解放される唯一の方法を、彼は自分で放棄したのだ。

　あるいは、ヴァンデラとしての人生を選んだ。

　ところで、要はバイクに乗った時の自分がどう思っていたのか、よく思い出せなかった。本当のところを言えば、要の望みは冴昼を連れ帰ることなのだから。死亡説を唱える人間たちを打ち倒し、一緒にまた神に挑んでやりたかった。ついでに言うなら、プロデューサーに持ち掛けられた半年後の子規冴昼の特集番組にだって、本人を出演させたい。

　当然ながら、ここで死んでしまえばそれらの全てが叶わない。

　それを仕方無いと思っていたのか、それともまた別のことを考えていたのか。少しもミスすることの無いハンドル捌きだけはいくらでも思い出せるのに、肝心なところは曖昧《あいまい》だった。これじゃあまるで、ただ子規冴昼がそこにいるだけでいいみたいじゃないか。

　死んだら死んでしまうだろうこの世界に来た後は、もう関係の無い話だ。窓からは相変わらず穏やかな日差しが降り注いでいる。線路の脇には『467・春』という不思議な標識が見えた。

　長い沈黙の後、冴昼はおもむろに口を開いた。

「俺さ、あのホテルのブレンドそんなに好きじゃなかったんだよ」

「だろうな」

冴昼のコーヒーの好みで言うと、むしろこの食堂車のブレンドの方が近いだろう。酸味を抑えて苦めに仕上げた一杯が。あのホテルのコーヒーは美味しいは美味しいけれど、冴昼の好みってわけじゃない。

「だから、あの世界に永住するのちょっと躊躇ったんだよね」

カップを持ち上げながら、冴昼はそう告白した。

「あのカフェのコーヒーがお前の口に合わなくて良かった。お陰で死なずに済んだ」

「それに、大して変わらない」

冴昼はさらりとそう呟いた。本命を二番手に出してくるその手管すら、元はと言えば要の仕込んだものだ。不意を衝かれて反応が遅れたのが悔しい。冴昼はまんまと優位に立った顔をして、優雅にコーヒーを口に運んでいる。

「いつだって何処にいたって、要は俺を追ってくるだろ」

冴昼は驕っているわけでもなかった。この奇妙な彷徨劇が悲惨に終わる結末を否定するわけでもない。美見川とヘルベルチカの選択のことは賢いと思っている。それでも、ごく自然にそう思った。

「なら、口に合わないブレンドに耐える必要も無い」

「カフェを変えれば良かったろ」

「世界を変えるのとどう違う？」

何しろ彼はヴァンデラなのだ。隣の店に入るのと、隣の世界に入るのとに何の違いがあるだろう？

「ここだけの話をしてもいい？」

「ああ」

「ずっと思ってたんだ。要が俺に執着してくれてる理由、あのスペードの十七。あんなの単なる偶然で、俺自身はちょっと演技が上手いだけの人間でしかない。『子規冴昼』は俺じゃなくても良かった」

「……お前」

「だから恐ろしかった。いつかあの時の魔法が解けて、要が俺を見限るんじゃないかと思ってさ。数万分の一の幸運だって、人間はいつか忘れてしまう」

反論しようとした要を、冴昼が手で制す。

「でも、今は違う」

冴昼は真っすぐに要を見据えて言った。

「ヴァンデラなんて馬鹿げた話だ。本当に信じられない。霊能力者を謳っていた人間が巻き込まれるなんて酷い意趣返しだ」

冴昼は淀み無くそう言い連ねる。心地よく響く声は、やはり極上のテノールだった。要は、舞台映えするその声が好きだった。今でも好きだ。

「けれど、こうも思った。こんなことが起こり得るんだ。要が信じる天命も、俺に懸けられた神性も、信じない理由が何処にある？　俺はもう俺の特別を疑わない」

その瞬間、震えるほどの歓喜に襲われた。あの日抱いた確信のことを思い出す。回想するだけでまだ痛いのに、何より興奮が抑えきれない。

「宣言するよ。同じことが繰り返されても、俺は必ずスペードの十七を、いいや、クイーンとキングのキメラを引いてやる。俺は偽物の霊能力者だけど、要の求める本物だ」

だから、と冴昼は続ける。

「観測してくれ、また俺のこと」

いつぞやも冴昼はそんなことを言っていた。

二人の間だけでしか通用しないような酷い論理だ。それでも要は自分の理想の子規冴昼を観測し続けることだろう。どんな世界だろうと、きっとその影を追っていく。

何しろ、絶対なんて無いのだと要に教えたのは、他ならぬ子規冴昼だ。

絶対は無い。何処にも無い。

だからこそ、絶対に取り戻せないなんてことは無い。

スペードの十七を引き当てて、いつか子規冴昼を取り戻す。

それが呉塚要の覚悟だった。

手元のブレンドを飲み干して、要は言う。

「……転移先が多少なりとも穏やかな場所だとありがたいんだがな」

「大丈夫、要ならどんな世界でもすぐに解明出来るはずだし。ちなみにこの世界はどんな世界だと思う？」

冴昼が試すように要のことを見た。

その問いはある意味で確認でもあった。これからも冴昼を追い続けるなら、同じような世界ぐるみの謎かけに付き合わされるに違いない。終わらない彷徨と果ての無い遊行の先に、要の求める結末は無いかもしれない。

それでも子規冴昼も呉塚要も、こうして生きているのだ。

差し当たって、要はこの問いに答えなければいけなかった。この答えを言ってしまえば戻れない。戻らない為の推理ゲームに身を窶さなければ。今までどんなヒントがあっただろうか？　ややあって、要は口を開いた。

「……ここの電話機、下の方に引き出しがあって。開けると大量のボタンと数字があった。正直それだけじゃ何も分からない。ただ、あのボタンの感じ、あれが少しホテルの内線のボタンに似てたんだ」

「うん、それで？」

「この電車は揺れが少ないよな。外の線路を見ると継ぎ目が無いんだよ。一本一本長いレールを使ってる。これは寒暖差によるレールの収縮も膨張もどっちも無いってことだ。本来はトンネルなどの、ある程度温度が均一なところしかこういう仕様にはならない。でも、ここは平原だ。本来なら季節によって温度がダイレクトに変わりそうな」

要を見る冴昼の目に見覚えがあった。それはスペードのクイーンを指定した時の目と同じだった。穏やかぶって細められた目の奥に、微かに期待が灯っている。

「それに、窓の外に見える『467・春』の看板。あれを見て、俺はこの場所は春なんだなと思った。いい陽気だもんな。だが、どうしてあんな看板が存在する？　季節は巡るものだ。本来場所で固定されるものじゃない。けれど、こうも思った。季節は巡らなくとも、こっちが巡っているじゃないか、と。きっと少し経てば『468・春』の看板が見えるだろう」

一瞬だけ言葉を切って、要は続ける。

「この世界は列車自体が一つの世界なんだな。みんなここで暮らしてる。季節は巡ること無く、この列車が進むにつれ季節が進んでいく」

ややあって、歌うように冴昼が言った。

「正解」

その声が随分心地よくて参った。

〈循環列車の街　Hello and Again　Fin〉

この作品は書き下ろしです。

〈著者紹介〉

斜線堂有紀（しゃせんどう・ゆうき）
2016年、第23回電撃小説大賞にて〈メディアワークス文庫賞〉を受賞。受賞作『キネマ探偵カレイドミステリー』でデビュー。近著に『夏の終わりに君が死ねば完璧だったから』（メディアワークス文庫）、『コールミー・バイ・ノーネーム』（星海社FICTIONS）がある。

詐欺師《さぎし》は天使《てんし》の顔《かお》をして

2020年1月20日　第1刷発行　　定価はカバーに表示してあります

著者……………………斜《しゃ》線《せん》堂《どう》有《ゆう》紀《き》

発行者………………渡瀬昌彦
発行所………………株式会社 講談社
〒112-8001 東京都文京区音羽2-12-21
編集03-5395-3506
販売03-5395-5817
業務03-5395-3615

本文データ制作…………講談社デジタル製作
印刷……………………豊国印刷株式会社
製本……………………株式会社国宝社
カバー印刷……………株式会社新藤慶昌堂
装丁フォーマット………ムシカゴグラフィクス
本文フォーマット………next door design

ISBN978-4-06-518234-5　N.D.C.913　288p　15cm

講談社タイガ

Wシリーズ

森 博嗣

彼女は一人で歩くのか？

Does She Walk Alone?

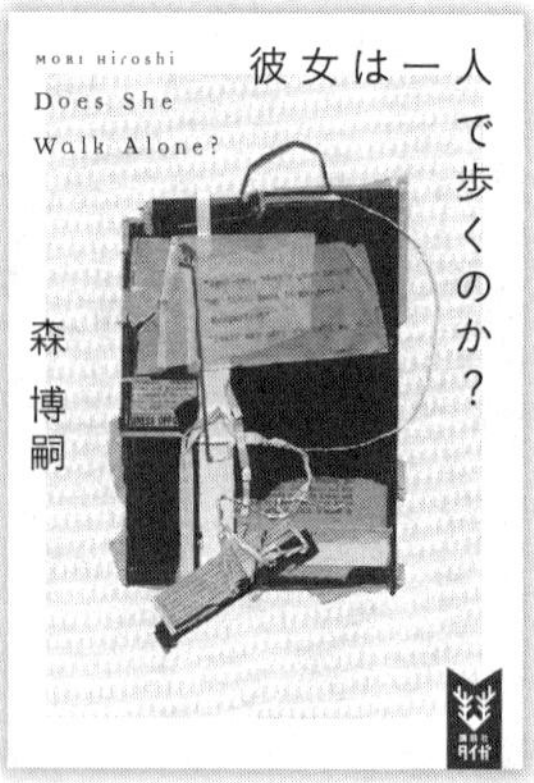

イラスト
引地 渉

ウォーカロン《walk-alone》。「単独歩行者」と呼ばれる、人工細胞で作られた生命体。人間との差はほとんどなく、容易に違いは識別できない。

研究者のハギリは、何者かに命を狙われた。心当たりはなかった。彼を保護しに来たウグイによると、ウォーカロンと人間を識別するためのハギリの研究成果が襲撃理由ではないかとのことだが。

人間性とは命とは何か問いかける、知性が予見する未来の物語。

講談社タイガ

Wシリーズ

森 博嗣

魔法の色を知っているか?

What Color is the Magic?

イラスト
引地 渉

チベット、ナクチュ。外界から隔離された特別居住区。ハギリは「人工生体技術に関するシンポジウム」に出席するため、警護のウグイとアネバネと共にチベットを訪れ、その地では今も人間の子供が生まれていることを知る。生殖による人口増加が、限りなくゼロになった今、何故彼らは人を産むことができるのか?

圧倒的な未来ヴィジョンに高揚する、知性が紡ぐ生命の物語。

講談社
タイガ

路地裏のほたる食堂シリーズ

大沼紀子

路地裏のほたる食堂

イラスト
山中ヒコ

お腹を空《す》かせた高校生が甘酸っぱい匂いに誘われて暖簾《のれん》をくぐったのは、屋台の料理店「ほたる食堂」。風の吹くまま気の向くまま、居場所を持たずに営業するこの店では、子供は原則無料。ただし条件がひとつ。それは誰も知らないあなたの秘密を教えること……。彼が語り始めた〝秘密〟とは？　真っ暗闇にあたたかな明かりをともす路地裏の食堂を舞台に、足りない何かを満たしてくれる優しい物語。

講談社タイガ

路地裏のほたる食堂シリーズ

大沼紀子

路地裏のほたる食堂

2人の秘密

イラスト
山中ヒコ

神出鬼没の屋台「ほたる食堂」店主の神宗吾《じんそうご》と、冬休み限定の高校生バイト鈴井遥太《すずいはるた》には、秘密がある。それは「料理を食べると作り手の思念や過去が見える」というもの。奇妙な力を隠したい神と力が役に立つことを信じる遥太の前に、思い詰めた一人の客が。彼の悩み――姿を消した少女の行方《ゆくえ》捜しを手伝ううちに、屋台の元常連客・倉持翔平《くらもちしょうへい》のきな臭い失踪事件に巻きこまれ……。

講談社タイガ

相沢沙呼

小説の神様

イラスト
丹地陽子

僕は小説の主人公になり得ない人間だ。学生で作家デビューしたものの、発表した作品は酷評され売り上げも振るわない……。物語を紡ぐ意味を見失った僕の前に現れた、同い年の人気作家・小余綾《こゆるぎ》詩凪《しいな》。二人で小説を合作するうち、僕は彼女の秘密に気がつく。彼女の言う〝小説の神様〟とは？　そして合作の行方は？　書くことでしか進めない、不器用な僕たちの先の見えない青春！

講談社タイガ

相沢沙呼

小説の神様

あなたを読む物語（上）

イラスト
丹地陽子

もう続きは書かないかもしれない。合作小説の続編に挑んでいた売れない高校生作家の一也《いちや》は、共作相手の小余綾《こゆるぎ》が漏らした言葉の真意を測りかねていた。彼女が求める続刊の意義とは……。

その頃、文芸部の後輩成瀬《なるせ》は、物語を綴るきっかけとなった友人と苦い再会を果たす。二人を結びつけた本の力は失われたのか。物語に価値はあるのか？　本を愛するあなたのための青春小説。

講談社
タイガ

相沢沙呼

小説の神様
あなたを読む物語（下）

イラスト
丹地陽子

あなたのせいで、もう書けない。親友から小説の価値を否定されてしまった成瀬《なるせ》。書店を経営する両親や、学校の友人とも衝突を繰り返す彼女は、物語が人の心を動かすのは錯覚だと思い知る。

一方、続刊の意義を問う小余綾《こゆるぎ》とすれ違う一也《いちや》は、ある選択を迫られていた。小説はどうして、なんのために紡がれるのだろう。私たちはなぜ物語を求めるのか。あなたがいるから生まれた物語。

講談社タイガ

乙野四方字

ミウ

-skeleton in the closet-

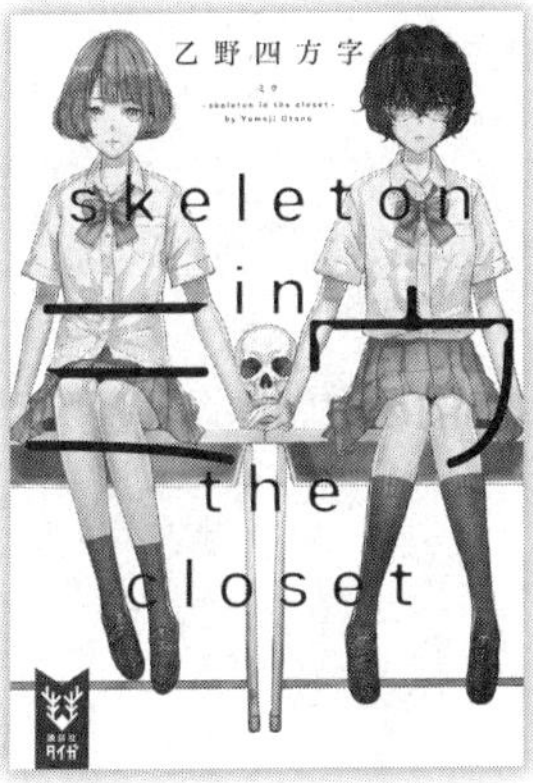

イラスト

カオミン

就職を前に何も変わらない灰色の日々。あたしは何気なく中学の卒業文集を開き、『母校のとある教室にいじめの告発ノートが隠されている』という作文を見つける。それを書いた元同級生が自殺したと知ったあたしは、その子のＳＮＳのパスワードを暴いてログインし、その子の名でＳＮＳを再開した。数日後、別の元同級生が謎《なぞ》の死を遂げる。灰色の日々に、何かが始まった——。

講談社
タイガ

瀬川コウ

今夜、君に殺されたとしても

イラスト
wataboku

ついに四人目が殺された。連続殺人の現場には謎の紐《ひも》と鏡《かがみ》。逃亡中の容疑者は、女子高生・乙黒《おとぐろ》アザミ。僕の双子の妹だ。僕は匿《かくま》っているアザミがなにより大切で、怖い。常識では測れない彼女を理解するため、僕は他の異常犯罪を調べ始める。だが、保健室の変人犯罪学者もお手上げの、安全な吸血事件の真相は予想もしないもので——。「ねぇ本当に殺したの」僕はまだ訊けずにいる。

講談社
タイガ

瀬川コウ

今夜、君を壊したとしても

イラスト
wataboku

「生き残れるのは一人だけ、残りは全員殺します」同級生の津々《つつ》寺《じ》は銃を片手に、いつもの笑顔で言った。教室を占拠した目的は「友達を作るため」意味不明だ。死を目前にクラスメイトが涙に暮れるなか僕は心に決めた——彼女と過ごした〝あの日〟から真意を推理してみせる。その頃、妹のアザミは僕を助けるために学校へと向かっていた。これは殺人鬼と僕が分かりあうための物語。